朱子一 / 著

去乡下盖间房子

北京联合出版公司
Beijing United Publishing Co.,Ltd

图书在版编目（CIP）数据

去乡下盖间房子 / 朱子一著 .一北京：北京联合出版

公司，2018.12

ISBN 978-7-5596-2764-3

Ⅰ.①去… Ⅱ.①朱… Ⅲ.①随笔－作品集－中国－

当代 Ⅳ.①I267.1

中国版本图书馆 CIP 数据核字（2018）第243796号

去乡下盖间房子

作　　者：朱子一

责任编辑：杨芳云

产品经理：严小额

特约编辑：金宛霖

北京联合出版公司出版

（北京市西城区德外大街 83 号楼 9 层　100088）

北京联合天畅文化传播公司发行

天津光之彩印刷有限公司印刷　新华书店经销

字数：190 千字　880mm×1230mm 1/32　印张：9.25

2018 年 12 月第 1 版 2018 年 12 月第 1 次印刷

ISBN 978-7-5596-2764-3

定价：58.00 元

自序　客自山中来

幼时读《寻隐者不遇》，有"只在此山中，云深不知处"语，又有《鹿柴》"空山不见人，但闻人语响。返景入深林，复照青苔上"句，直觉人生如风，空灵如虚蹈，总是不得要领，但隐隐然总有梦境。

如今且说这城里，好是好，就是缺点梦境。

我非隐者，装也装不来。十几年前跟一位女生说，我欲出家若何。伊轻启朱唇微微一笑："你若出家，我就在庙门对面开家青楼，看谁的主意真。"只想了一下，不超过三秒钟，就觉得还是她的主意真，也就打消了出家的念头。

不是人人都有资格做梦，何况还要把梦境变成现实。与朋友相聚，家长屡次质疑这个梦想，但又全力支持。只怕她也听多了这种梦，也见多了做这种梦的人，知道人还是要有梦的，万一实现了呢？

梦里的人出现在你面前，是惊喜。梦里的乡村出现在面前，是残缺。

北方大山丛莽，要是远远找到村子山头那棵树，基本就找到了回家的方向。

南方不同，要是找到村头那棵树，就找到了回家的方向。

径山镇四岭村下仕就有这样的一株几百年树龄的银杏，我岳母呼为白果树。

自第一次到这树下，就知道应该有一间自己的房子。三年时间，果有此屋——"止溪"。

可这屋的动因，一半自愿，一半还愿。

那日与上海滩上知名女作家丘眉搭话，她问我这民宿究竟有何特色。我道想法一堆，无从着手。最后讲到如何起心，我道是岳父母年纪大了，要住个新房；中间与人合作告吹，是因为对方不想让岳父母在这里居住，直接违了初心；后来合作的金螳螂设计师乐大姐，她也是因为父母在城里闲得无聊，要给父母找一处可以种菜的园子，双方一拍即合。

丘眉老师一拍大腿（我在电话这头猜的）："饶是听了多少民宿的故事，有真的有编的，单你这止溪的故事，是独一份。之前从未听说过有人因为父母辈的原因而造民宿的。"

我说这本来也不是很重要的事吧，事情就是如此。丘眉直说："非也非也，凡民宿要做得好，必得有一个主题，你这主题散漫，无法聚焦，推广也难。"

我虽未能说出口，心下想的却是，本也没想着赚大钱，无非是为岳父母、为朋友们造个可心的去处罢了。但听她这么一说，觉得也是在理，便赶紧拿了几本前些年组织编写的《浙江孝贤》一书，放入书架。那日吃入户酒时，有小姑娘到书架前参观，便送她们每人一本。人不能忘本，犹树不能忘根。

话说回来，这三年间，原先只是本村人在意的银杏树，现被政府认定为几百年历史的古树名木，披红挂彩。民间自得了官方的支持，拜祭的香火也点起来了。

一切有为法，一切有来处。醉中诗曰：

"客自山中来，溪远山渐老。江南一场梦，拈花渭上苕。"

目 录

PART 1　不如归去

005　另一种归乡
010　一座有花有果的小院
014　咏而归
018　心中有个"乡建"梦
023　台湾民宿考
027　感谢拒绝你的那个人

035　心里想想，就已醉了
039　上竹山一百五十年
045　我真的要回乡下吗
052　地图上抹掉的和重生的
059　分享我们的故事

PART 2　营造法式

068　可以晒屁股的房子
072　只有一张大长桌
075　它叫"止溪"
080　阳光照在 15 度上
085　对自然的承诺
090　溪中池
094　止溪第一夜
100　紫糖色的男人
103　抢树记

106　寻闸记
109　保卫桑茶
115　溪从库里来
120　方腊与同安顶
124　改造万竹园
128　我要做包工头
130　窗前蝴蝶飞
134　丛中腾起一雄鸡
140　没有一个时辰是虚度的

1

PART 3　南北四季

148　七月十二，辣椒茄儿

151　瓠子"一窝猪"

155　椿香南下

159　五撮儿

163　苦苣

164　苜蓿菜

166　沙棘

170　牡丹

174　洋槐

176　刺玫

177　子西树

179　映山红

180　南北二杏

184　马兰头・马兰花

186　野葱

189　银丝柳

191　格桑花

194　何不食灰菜

197　蔓莓子

199　麻椒不够麻

202　狗尾巴草

PART 4　溪有书山

210　情怀在逃跑

213　乐大姐

217　我有一碗酒，换你一本书

220　书后的主人

226　师妹来访

231　止溪是吹牛的重灾区吗

235　小院也曾花团锦簇

241　还是年轻啊，控制不了自己的惊喜

244　我知道这是很对的

248　茶园边的生日会

250　小楼今晨又取名

255　复照青苔上

261　一间古厝，两岸花开

270　心忧鸟食怨大雪

273　水下有石，再下有宫

279　后记：同一块西瓜皮

282　附录：朱子一开店记

PART
1

不如归去

　　哪怕带着泪，也要笑着说。这就是我们这个时代给予我们的宿命。

　　有个朋友姓贾，虽已在杭州城里做了厅官，但仍在乡下老家选了最好的地势，盖了村里最好的房子。

　　其实，他肯定是不大会去常住，因为他娶了城里的媳妇，孩子从小在城里长大。那里，除了他自己的童年和父辈的乡恋，与下一代几无交集。不要再想着家族基业万古长青，也许，下一代的时间和空间，都在欧美，或者在非洲的某个部落里。就如同那个娶了非洲某国酋长女儿的温州商人一样，其后人可能已经在所在国竞选总统了。

　　亦有个朋友姓贾，名言便是，任何时候，"早发早移"，即赚即走都是正确的选择。

　　就是这么奇妙，我们已经被完全纳入一个更大的空间和时间，度量生命的存在和意义。

　　你在，世界便在；你不在，世界便不在。正如慧能大师所说，不是风动，不是幡动，是仁者心动。

　　心动，才是这个时代的稀缺品。还好，在被人们日复一日取笑的"文艺犯"身上，竟然还有这个遗存。

另 一 种 归 乡

2015 年春节，我带着儿子去弟弟家过年。父母在城里帮弟弟带儿子，跟所有进城的老人一样，带大了儿女辈，又要帮着带大孙子辈。

父亲是个北方老头儿，生活自理尚且无暇，更何况带孩子。无非，他是与在异乡的母亲做伴，好让她不致过于无聊。

老太太带孩子，只要一下楼，自然就有许多老太太上来搭话。有些关系好的，据说都要将母亲送至楼门口才分手告别。想来，大家的处境都一样，有个人说话，总算不至于变成哑巴。

这可苦了父亲。他每日几上几下楼，却无人搭话，只要久不开口，"嘴里就发臭了"。后来，他终于发现门口的保安其实是个闲人，于是有事没事就去搭讪，终于"嘴没那么臭了"。

有一次，父亲下楼，半路折返。母亲惊问其故，父亲不答，只顾抱头发闷。再问，却道不知将如何。看父亲如此寂寞、苦闷，母亲一阵凄惶，向壁垂泪。想父亲在老家吃东家喝西家，脚不沾自家门，好不快活；进得城来，不懂普通话，不懂城里风俗，到处搭话而不可得，堪若进了监狱。

这样的老人自然也不止父亲一人。那日弟弟去买菜，看到一陕西来的老太太拿着五毛钱买菜，可在海南这里，五毛钱连一只辣椒都买不到。老太太气得大骂菜贩子欺负外地人。弟弟好心上前提醒老太太：这里的确是这个价。

海南的蔬菜多半自大陆运来，贵得一塌糊涂。父亲去买菜，只问不买，搞得那些卖菜的看到父亲，只装作没看见。父亲经常逛来逛去，只是搭不上话。连菜市场都拒绝父亲。

那日他在楼下捡纸箱，发现了一个别人丢弃的漂亮的花盆，赶紧拿回家来，却发现家里没有花草，花盆根本派不上用场。

母亲说，干脆向老家买些辣椒籽，种些在阳台上，也好摘来吃。

这便提醒了父亲。不几日，阳台上摆满了捡来的各色花盆，有一个是船形的，有一个是大茶壶，有一个是塑料大洗盆，形色各异，估计集中了全国各地不同风格的花盆。

小小的阳台上，父亲每日像检阅他的部队一样，精心侍弄。有个盆是专门的苗圃，等苗发出来之后，再移栽到其他盆里。有个盆里，是从老家连根带土拿来的草莓。草莓长得盛，又分出一盆新的来，只是直到现在，只看到草莓开花，却未见过草莓果。

种得最好的还是辣椒，以前结的果实多，吃不过来。现在这一批，估计是籽不行，只结了三枚果子，只开花不结果，剪了枝重长出来，还是如此。

去年五一节，我带女儿去海南。小孩子在家里闲得无聊，也与爷爷奶奶生疏，玩不起来。直到有一天，女儿发现爷爷在阳台上给辣椒浇水，赶紧冲上去帮助爷爷洒水。这下，爷孙终于找到了共同爱好。从起床开始，每隔一阵就浇一次水，我担心大太阳底下浇太多水辣椒会死掉，父亲却毫不在意，只要孙女喜欢，他就随时伺候。于是，爷爷在后面抬着水壶，孙女在前面负责洒到花草上，不亦乐乎。

这次去，侄子已经长大了。那天逛超市，我给他买了几只老虎、狮子的玩偶，这下可好了，侄子每日牵着他的狮子、老虎到辣椒盆里去吃菜，先是把土刨出来，被弟弟制止；接着，干脆把苗折断喂老虎、狮子。

父亲辛辛苦苦养了几个月的苗，就这样被侄子一棵一棵地喂了老虎、狮子。我们当然提醒过他，老虎只吃肉，不吃辣椒，可他哪里能信呢。

更糟糕的是，我一岁半的儿子自从在海边玩过沙，回来看见沙样的东西就抓来玩，这些盆里的泥土，自然是遭了殃，撒得到处都是，菜根都露在外面。父亲发现了，心疼得不行，把苗一棵棵扶正，土一点一点地扫回去，重新培好。我觉得，那基本上是得复种了。

饶是如此，这方小小的菜圃，父亲还是侍弄得井井有条。也许，从来不在乡下种菜的他，在城里找到了唯一可以做成的事情。它让父亲的时间有了去处，也间接地让自己做了点贡献，哪怕只是半年长了三个辣椒。

有时静下来，月光下"察人可以知己"，就在想，再过二十年，我是否也会如父亲这般。

这并不是没有可能。我爷爷的亲弟弟，也就是二爷爷，与湖北籍的媳妇在新疆生活了大半生，最终回到湖北，在那里终老。据说他对老家田园的向往，无时无刻不在脑际萦回，却不得而终。

如果在江南的土地上，有一块属于自己的田园，种上我小时候最喜欢的瓜果和鲜花，会不会让生活更美好？

其实，岳母大人已经根据我的口味调整了菜谱，比如他们以前从来不吃的韭菜、辣椒，现在一日不落，气得岳父大人每顿饭都只吃一半。

那要是我老了，谁还照顾我的口味？

如果我能够在这里复制泉下老家的菜品，是否可以不再老来思归？毕竟，叶落归根的实质，有时候不过是叶落归舌。味蕾的满足，足以抵消对西北老家的想念。

想母亲一生的追求不过是拥有一个菜园，如今六十岁，竟无法实现。母亲的娘家在马家小湾，那里适宜种植，是个有山有水的地方。加之村小，每户都有一亩菜地在门口，自是一派田园自得。而自嫁到朱家，门口即悬崖，门前屋后连树都能干死，庄院挨家挨户，哪有地方落脚种菜？母亲念叨一生，奋斗一生，终未成就这个小小的梦想。在某种程度上，我是要圆母亲一生未了的一个心愿。

那么，归田，其实是另一种回归故乡、回归童年、回归农村的方式，只不过，这地方叫江南。

一座有花有果的小院

岳父排行老大，当几兄弟在仕村站稳脚跟后，他们马上开始了家园的营造。

据说张家老宅在更靠近水库的桥头那一带，后来搬迁到现在村子的中心。这相当于将家从火车东站附近搬到了武林广场，且还有个半亩大的院子。

岳父自信他的选择，也得意于他的选择，直到我们弃之如敝屣，他才恼怒于我们对他毕生经营的心血杰作视而不见。

这院子其实不错，地理位置处于村子中心，不怕贼偷；周边全是本家兄弟，来往方便；院子后面还有一片竹林、一片菜地，几乎就是完美的田园配套。

后来这株桃树被乐大姐安排到二楼东边的阳台上了。

那天他问我："你觉得西北老家好，还是这里好？"我说自然是这里好。他说："那你总不会老了跑西北老家去住吧？"我说，怎么会呢，老婆孩子在哪里，家就在哪里。

很明显，他老人家长舒一口气。只要女婿同意住在这里，女儿就自然没有反对的道理，他这份家业，也就有了继承。对一个快七旬、经常把"活不了多久"挂在嘴边的男人来说，后继有人是最大的安慰。

自百五十年前"长毛"作乱，此地人口毁灭，祖辈移居此地后，几代经营，岳父的小院自成气候。在这里安家，还有什么不满意的呢？岳父实在想不通，至今意难平。

但岳母的一句话打动了他："当初你弃祖地而择此，不也是背了祖上的意吗？你要尊重年轻人的想法。"

岳父看是无法，只好闷声吃老酒。

内心深处，我是支持岳父意见的。老人家的社交是一个严重的问题，他住在老屋里，饭时可随便拐进一户人家，端起人家的饭碗就吃。有时在自家也会招呼到一户邻居，坐下就吃老酒。灯一亮，老头儿拐出院门，总有一桌麻将等着他。

可要是搬到别处，这一切均将消失不见。而于他来说，饭搭子和麻将搭子，是他社交的全部。哪怕给他订了一份《浙江老年报》，他也不会用心去打发时间。用他的话说，文化程度太低了，看不懂。只有在地板上铺张凉席午睡时，他才会偶尔拿起报纸翻一翻。翻个身一睁眼，他就能看到自己打理了一生的院子，院内种植了各色水果，每年都有收成，一到秋季就能享用到。光我在微信朋友圈里晒晒，就不知羡煞多少城里人。

老宅出门右首，是一株桃树，主要用于观赏，偶尔也有毛桃可吃。那日姐夫说，把这桃树给迁了吧，种在这里碍手碍脚。但这事归岳父管，我们不好置喙。

再往右靠近院门，是一小片菜地，里面有杏树（因结杏太少而被砍了）、橘子树、冬枣树、映山红。冬枣成熟后，儿子连叶子都打光了，更遑论果子；至于橘子，从年末到年初，儿子每天去摘一个来，一直摘到他够不着，在树下转圈望橘兴叹大败而回为止。

院门另一首，是一株高大的板栗树，每年我要负责将果实打下来，路过的村民也会讨几颗去给孩子吃。

院子南墙根，是一排银杏。去年银杏果下来后，岳母特地装了一袋寄给在海南的母亲。她还特别叮嘱，一岁每天吃一颗，即两岁孩子只能一次吃两颗，三十岁的则可以吃三十颗。结果吓得他们不敢吃，直到岳母去海南旅游时，母亲才拿出来让亲家母做了给大伙吃。

银杏树旁边有桑葚、梨树、胡柚、黄桃等各色树木。黄桃和桑葚好吃得不得了，可惜鸟儿和虫子也知道这些，所以我们终究是没得吃。

房子的另一首，是一株高大的柚子树，一年丰一年歉。

树下有一水龙头，是我洗车专用位。

那日有雨，我拍了张照片发在微信朋友圈里，配诗"雨下着雾，我走出门"。

儿子每天一出门，蹿进这家钻出那家，总能找到小伙伴。那日家长说，等搬到他处，只怕一个小伙伴也没有了。我说，那时，他也上学了，自然会有同学了，何必担心？

话虽如此，9月份开学后，小伙子一连找了好几家，小伙伴都不在家，郁闷到不敢相信。

除了交通略有不便和稍有拥挤之外，这处院子，的确无可挑剔。

咏 而 归

　　母亲说，我自小人长得矮，老远根本看不到，但只要隔着河湾听到歌声，便知我放学归家。

　　那并非因为爱好唱歌，只是半夜走在荒梁上，十几里内没有一个人影，有的只是树影憧憧，有时似兽猛扑，有时似鬼嚎叫。大人点着烟一路走去，或者咳嗽着口水吐一路，因为鬼怕烟火和口水。小孩无法，只好唱歌壮胆，企图吓退猛兽和野鬼；唱着唱着，就长大了，学会了低声细语说话，唯恐惊着天上人。

　　2015 年，大学入学 20 周年的纪念，班上一半男女，齐集西子湖畔，重温那时歌谣。猛地发现，我仍然没学会那些歌。因为长在乡下，除了《十五的月亮》《渴望》之类的主题曲，真正会唱的没几首。进城后，不论班上集体活动还是 KTV 里，除了国歌拿得出手，其他都没几首可以唱的。倒是在凤凰古城的酒吧里，趁着酒兴，吼过几嗓子花儿，斗败过另一伙唱歌的酒徒，双方尽欢而散。

那花儿的词，也是老掉牙的，熟悉的朋友都知道。想花下求爱，便是"姑娘十七我十八，姑娘缠我我缠她，缠得姑娘不回家"；若是分手发狠，便唱"你是牡丹开败了，开得再好不爱了"。唱毕，必是朋友未笑我先笑。

所以说，我不是一个会讲故事和笑话的人，最常见的是，故事或笑话讲完了，别人还在等下文。大家都不笑，大家都很尴尬。现在脸皮厚了，懂得添油加醋，对自己冷嘲热讽，便能增添一些氛围，倒也其乐融融。

就如"我是个多么腼腆的人啊"这句话，特别贴心的朋友当然知道这是发自肺腑的真话，酒肉朋友便当是我自嘲，于是又一阵欢笑。世间人物，便这样真真假假，自我安慰，一日新似一日。

可那歌终究是不会唱，每到这个时节，窘得不行。

直到在村外找到了一块地方，我发现，这里蛮适合"我想唱歌可不敢唱，小声哼哼还得东张西望"的我。

这首歌，是我读小学时，读初中的邻居陈福全哼哼时我听会的。

其实这个地方是意外之处并不情愿的收获。

那是一个夏天，双溪的气温比城里要低 2 至 6 摄氏度，躺在岳父二十多年前建成的老宅里，一边说话一边叹气，就像夏天散热的狗那样，毕竟是夏天。家长突然说，老头儿想翻盖老房子了。以前一直在翻新，我以没有结婚为由拖着，现在看来是拖不过去了。村里除了那几家有特殊情况的，都建了新房，我们现在连孩子也生了，不建说不过去了。

我说，中国农民就这个德行：好不容易积攒一点财富，建个房子，再欠一屁股债；花 20 年还债，再赚点钱，回来拆了老房盖新房，周而复始，无个穷尽。若老头儿是这般心思，何不动员他做点其他物事？

家长说，这房子卫生间都漏水了，要么大修，要么重修，这么差的格局，成本差不了太多，莫若重修。

我悠悠地看了一眼亲爱的家长大人，口出莲花：我们终究是不常住这里，所有花在这里的钱，都会沉淀成不用的死钱，明显我们不是这么有钱的主。那么，如果真的要盖，就得考虑后续，比如说，我们盖的房子要有共享价值，可以成为朋友们喜欢的乡下一方田园，否则，我们投下去的钱，可能会成为一堆建筑垃圾。

书生迂腐，总有宏阔之见，这话也不例外。但那时，正当我在家长心目中形象最为高大之时，对于此议，家长毫不迟疑地表示了支持。

什么样的房子是有共享价值的？要么靠山要么靠水，当然最好两者兼顾。若两不靠，则几同废地。且一定要有无遮拦的视线，否则，又是建筑丛中挨挨挤挤，环境甚至不如城里。

作为一个好热闹的人，单纯盖一座房子，像本地村民那样生活在这里，第一，不现实，毕竟要工作；第二，无趣。我的一处乡下院落，一定要有高朋相聚，才有住在乡下的味道。

虽然不喜欢孔子那老头儿，但他的某些情态也可心。《论语·先进篇》说："暮春者，春服既成，冠者五六人，童子六七人，浴乎沂，风乎舞雩，咏而归。"

我才不管他是五六人还是六七人，反正是一帮人，沂水里冲个凉澡，舞雩台上吹个凉风，冷歌几首"咏而归"，可也。

要实现孔子的世俗生活，得有一高台可乘风，得有一水池可游泳，得有一处可读书，方称得上浴、风、咏。

这三样，便是我建屋的标配。

突然想起来，家长是杭州悠泳俱乐部的成员。她的游泳水平相当之高，无论横渡钱塘江还是游海岛，都不在话下。她向往城市生活，若在乡下有这么一个泳池，会否也是她的"泳而归"？

心中有个"乡建"梦

　　走在杭州的街头，平素色彩单一的林荫道，一到秋季，姹紫嫣红，在秋雨中滴着水珠，透着一股腐败和艳丽交织的气息。

　　若是在西北乡下，此时当是一幅秋风秋雨萧瑟的场景。土豆已经入窖，荞麦已经开花，蜜蜂在赶着采最后一茬花蜜。

　　我就在这样的现实与梦境中，过着日复一日的生活。尤其是当互联网技术给了我们支撑时，这种时空交错就更为直接。故乡的小曲、故乡的劳作，曾经令人那么恐惧和厌烦，此刻却因"乡愁"而显得温情脉脉。

　　《射雕英雄传》中，大金王爷抢了牛家村的惜弱，怕她思念故乡，将整个牛家村的旧居搬了来。

　　所有远行的人，怕是都在复制一个故乡。文成公主进藏，带了种子、工匠，无非也是要在拉萨仿制一个大唐长安，甚至一应器物、作派、腔调，无一不是在模仿。

　　无论国家还是个人，在这半个多世纪的狂飙突进后，突然停下脚步，回顾过往：有些事，一地鸡毛；有些事，会心一笑；有些事，且让它去；有些事，不能忘怀。

　　当我们出行既远，怀旧几乎是一个不可能罔顾的事实。但心理学家告诉我们，怀旧是一种病。

　　既然"怀"，那一定是温馨美好的。就像一个失去了母亲或者远离母亲的人，哪怕是母亲的责骂和殴打，也是一种不能忘却的爱。有些故乡被美化，有些乡村被美化，有些人情被美化，只记优点而忽略不如意，除了意象，想象与实际完全脱离，还美其名曰"礼失求诸野"。

　　这些年，多少人在表达自己的乡愁，我将他们通通归结于两种境况：要么在城市生活得不易导致了对母体的依恋，要么吃饱喝足了找点情怀。尤其是后者，往往带着衣锦还乡、荣归故里的心态，一面俯视乡村，一面怀念已然干涸的小溪——以前下河摸鱼、力逮泥鳅黄鳝，何等欢乐。

正如我弟弟讲，他要回到故乡去养多少头牛、种多少苹果树之类，每讲到这些，我总免不了与他争辩。父亲就来说我："他也就是一说，让他回他也不会回去。"

有多少人，心口不一若此？只怕也不少。

让我对这个问题重新认识的，是在台湾。而且台湾年轻人的"还乡团"，远远脱出了乡愁的范畴，而将乡土文化留存、乡村建设、人的现代化等结合起来，为乡村文明复兴提供解决方案，已经取得了很大的成就。他们不是为着满足自己内心的那点小情怀，而是本着文化自觉，企图挽救族群、区域文化，为在千篇一律的全球化、城市化过程中，保留文化的多样性，是在做一件社会事业。

我在台湾游历时，也曾短暂地了解过这一活动。台湾年轻人最初的动力来自台湾少数族裔大学生对其民族文化传统的中断的担忧，直接的促进力，则是工业化已经完成的经济背景。在这一背景下，进城潮流渐渐变换为下乡潮流：已经完成城市化的大学毕业生，解决了生存问题之后，开始关注文化建设；而受城市困扰的市民，也开始寻找乡下的"世外桃源"。在这两者的合力推动下，台湾的乡建具有了文化和经济的双重身份，即有文化特色的乡村建设和旅游业。

但他们的问题与我们的同在：村里都是老人，连服务员和演员都招不齐。如遇重大活动，得联系周边同族村寨合力举办。农村的空心化，是两岸共同的困境。

若在大陆，已经支离破碎的村庄和人口，如原子一般存在，如何能组织起来？

一个地方是否兴盛，要看对年轻人的吸引力如何；一个行业是否兴盛，要看对优秀年轻男性的吸引力如何。以此观之，大陆的乡建，也许才要起步，却马上碰到了人口断崖式下滑。

现在的问题是，城市都缺乏年轻劳动力了，农村还要夺一把？

都说现在中国的光棍儿多，可为什么剩女还那么多？原因很简单，城市对农村、南方对北方、东部对西部形成了资源的虹吸，女性资源都被强者占有了，所以，强者恒强，弱者恒弱。乡村的弱势，也许会因人们对城市生活的"反动"而形成资源上的逆向流动，但大的方向绝不会改变。

这也是我一直不敢对城乡之间的优劣下断语的原因。

五六年前，在《南风窗》工作的朋友陈统奎，在其故乡海南发起了社区营建活动，也称为大学生回乡行动，得到了海南省委书记的支持，这个活动同样肇因于台湾的大学生乡建运动。

陈统奎在海口市火山口地质公园里面盖了几间房子，和弟弟一同操持。我去看时，他与其他"海南仔"无异，拖鞋走得吧嗒吧嗒。但他家里有一间房，是图书馆，我有幸把自己的《阳坡泉下》塞进了其中一面书架。

走在园子里，他能讲出每一棵树的来历，以及它们好玩的地方。哪怕是一口破铁锅，也能派上用场，且有一段祖辈的故事。

我没有他这样的雄心壮志，却有这样的爱好。因为职业的缘故，我工作在城市，却一直没有与农村断绝联系，这使得在我身上"怀旧"的特征并不明显，若去乡下，是相对理性的选择，既不时髦，也不老土。

台湾民宿考

　　2011 年 8 月份，我和大陆几位新闻同行前往台湾进行为期 10 天的交流。当时没怎么注意一些细节，比如去到台北以外，住的全是乡间小木屋。回想一下，那应该是最正宗的民宿。

　　周边居民是当地村民，房舍一应为日常布置（除了更干净些，多通铺），像极了现在大陆流行的青年旅舍。

　　对应大陆目前的各种乡村精品酒店，这种民宿更居家，也更有生活的意味。我想，对来止溪的朋友来说，不应该是花钱来买某种东西，而是提着礼物来看望朋友。

　　有关台湾，印象最深的，其实是他们的公共生活方式。

　　8 月 13 日，我们被带到阳明山，体验新形态的休闲方式——工作假期。

　　这也可以看作一种志愿者活动，工作内容是穿着青蛙装在一片水塘里将那里疯长的外来物种给揪出来，销毁掉。

看来，外来物种的大规模入侵，在全球化背景下，在各个地方都是一个严重的问题。

主办方提供了工作用的各种工具，以保证即使没有专业知识背景也不会出现意外。

活动结束后，每个人谈了对环境保护的感想，以及对这种工作形式的建议。活动主办方领导签字后，给各位参与者颁发了活动证书，以示对各位参与者的感谢。

这个活动对我触动很大。其实一开始，对于从农村出来的我来说，这样的活动是缺乏吸引力的，但是活动结束后的感想以及纪念的方式让人对活动的意义和价值有了更深刻的理解。

回来后不久，房子还没踪影，我先让朋友设计了同款证书，以发给将来到止溪参加生态建设的朋友作纪念。

屏东县来义乡住着排湾族，那里是遭受八八风灾最严重的地方之一。灾后重建，并不是政府一夜之间建立起安置房，而是着眼于文化的复兴和重构，使得来义获得另一种新生。

毫无疑问，老一辈的山地民族，在城市化过程中被抛弃，成为弃民；新一代的山地青年，早已进城合流。在这样的背景下，农村是没有未来的。

我们拜访了当地的部落头领。在当地务农的少数民族青年带我们进行了渔猎活动，但这其实已经类似于观光了。

当晚会开始，大家拉起手开始跳当地的舞蹈、劝酒时，才发现村里人并不少。但当晚会结束，我们惊异地发现，人们一群一群地去了其他村。原来，一个村已经办不起一场活动，只能几个村合伙举办。

与大陆一些农村的情况相似，历经大规模的城市化之后，台北这样的大都会集中了台湾大部分的人口，而浊水溪南边的农村，实际上已经空心化。

正因如此，在灾后重建时，出生和生长于当地但现已在都市工作的青年人，开始回流到农村，进行乡村社区重建。他们并不是着眼于物质的救灾，而是着眼于民族和地域文化的复兴。一场灾难，将他们同情的目光吸引回了故

大头目高来得。

乡，并推动故乡的再生。我们所看到的一切，均是再生的结果。

有些好动的青年与当地的姑娘跳起了迪斯科，一切都显得那么自然。无他，大家都已都市化。这一代青年，是拯救乡村文明的最后一代人，他们能够在城市和乡村之间搭建起对话的桥梁。等这一代人也故去，乡村将在主流文化中消失，不复存在，就像从来没有存在过那样。

如此观之，我们这一代出身农村的青年，是否有对乡村的另一种责任？

感谢拒绝你的那个人

到 2017 年首，止溪终于进入装修阶段了。工人都回老家过年去了，工地上清清冷冷，从未有过地安静。

我与一位长者立于溪边闲聊，阳光是直射下来的，芦苇依旧摇摆，人心思荡。

我说，真要感谢那个曾经拒绝我们的女人，如果没有她的拒绝，当初我们就会选在另一个地方，而它远逊眼下。人有些时候不要害怕失去，你失去的也许在当时是最重要的，但回头一看，也许是福分。

长者哈哈大笑，向我透露了一个从未示人的小秘密。

年轻时，他与一个姑娘相爱。结果，通过某种手段，另一个小伙抢走了他的恋人。当时，他想杀人的心都有。

当然，杀人这种事，想想也就罢了。时日不长，有人给他介绍了一个姑娘，是那一带的村花。

长者最初心下还不乐意，可一见到人就乐了。如今五十多年过去了，他还在感念当初那个抢走他前女友的男人。"做了一年仇人、五十多年恩人！"

找到现在这块地，也大概是这番理论。

最初，经我选址要有山有水的"挑拨"，家长自是百伶百俐，百依百顺。为寻地，今日去古寺同安顶，明日去四岭水库；昨日去千岱坑，今日去车坑坞，明日去麻车堰；时穿越竹林，时跨越危桥。还好，我这辆车确实不负我的信任，从来都是一跃而过。

岳父家在双溪漂流景区旁边，周围除了苕溪、四岭水库，还有径山寺和成片的茶园、竹林，处于双溪和山沟沟两大 4A 级景区的过渡地带。因为不准发展工业，这里的经济状况一般，但也应了那句话，三十年河东，三十年河西，现在这里是旅游发展的热土。

就这样走着看着，风景自是一处好过一处，直到发现了车坑坞里一处半山的好景。

当地方言里，溪水河道被称作"溪坑"，顾名思义，车坑坞必是有小溪沿山谷而出。

沿山谷往里，有一岔口，一路溪大，一路溪小，沿大溪进去，路平而阔，是一户废弃的人家。打听下来，这个地方太过阴森，两座大山紧夹，抬头望天，有压迫感。此地虽不错，终是风气不畅，不合我通透的心意。不通透，何来通灵？

再沿小溪往前，有陡坡，竹林密布，伐竹工开出一条道来，通往深处。

沿路开进去，乍有一块空地出现在面前，只见那两山大幅张开怀抱，南面山坡是半石，正好建屋，对面是密林，正好藏气。夕阳透过竹林，落在坡顶，若仙境。

更绝的是，这面石坡上，有一石壁，壁旁有一小瀑布偷偷逐下，只有走近水潭方听得水声轰鸣。

我道："此壁可题字，便是这儿了！"

家长也很兴奋，两人再开车往里溯源，不久便已绝径，查导航，山那边已是安吉县，属于湖州地界，那山那水，也变换了旧颜。

再细看此地，地势稍逼仄，但经过改造，完全没问题。面南的半山坡上，前有矮山挡风，后有竹林山石布景，美不胜收。

当日即向村干部汇报，岂料对方死活不知有这么一个地方。待到现场一看，村干部才觉得，原来这块地方这么好，以前都没想到这里可以盖房子。

回来一汇报，岳父母大人想都不想就拒绝了。首先是要进山五公里，其次是那里的人本来都在往外搬，我们却要往里搬，这不合逻辑。

几经论证，老人不同意，考虑到投资也确实太大，以我目前的实力，的确做不出样子来，此事只好作罢，从长计议。

但我对那地方，一
直心心念念，至今不甘
放弃。前年有段时间千
岛湖水库污染，每周回
乡，总要提着水桶到瀑
布下装几桶水带回城
里，也算是根据国际法
"实际占有"了这块
地方。

门前就是苦溪。

一日正不得法，岳
父一位在双溪漂流上班
的朋友指点说，往下游
一点的溪北岸，有人在
造房，也是可以看看的。

门前就是皮筏艇漂流的太平溪，也叫仕村溪。
这照片后来给同学看了，上面竟是她的语文老
师和她女儿。这老师快四十岁了，还如此年轻
貌美。

听了，心里一动。

在过去的一年中，
我们一直在四岭村范围内晃悠，这是溪流的上游，山谷逼仄，溪
北岸紧邻公路和山体，并无余地。反倒沿溪而下，在四岭和双溪
两村交界处，溪流出川，地势宽敞，北岸有一个叫上竹山的村庄，
可见其宽展。我们却因一直在本村范围内转悠，从未想到下游。

过去一看，就是这儿了。这个地方，除了没有山，其他一应

右前方对面山上，径山寺不到半小时车程。

绝佳。

看地那日，沿堤都是芦苇，车不得行，仅容人过。

过危桥，心不安。或提醒，此桥不久即翻建，无虞。

往前，竹林密布，芦苇飘荡，正合我意。想当初，之所以决定
建在溪边，无非芦花正盛，像极了古时秦国渭水。

此地不错啊。

北岸与南岸不同，地势要高些，且林间有一清溪，系从溪水上

游引了一条水渠用以灌溉农田。水渠蜿蜒而去。逐之，竟是一天然合围区域，两三亩大。房子建在这里，相当于围墙都不用，直接有天然的护城河，四季不断流。地块四周都是竹林，对面就是皮筏漂流的起点，门前就是溪流，美不胜收。

于我这个在大山里长大的"文艺犯"而言，弃山而就水，终有缺憾，只觉灵魂飘落，无所归依。纵是有水有灵气，但终觉不全美。

且住，这地也不行，一位主人要留着自用。

直到某日，家长口干舌燥，火速谈妥了一个不太理想的地块。待我有时间回乡下看时，只见芦苇飘荡，溪流清澈。这还有甚可说的？直接拿地就是。

想起我婚礼那天，师弟麻律师读着《蒹葭》，把家长从船上迎

到岸上。芦苇于我而言，是人生伴侣，是远古的渭水河畔的祖先记忆，是文人的那点小心思。

东边是稻田，
不远处是红树林度假村。

说起来，一直有人说我是文艺青年，每次听到都要反驳一番。因我实在是个糙人，这一点我觉得文艺女青年甘小恬从来都很确定。二来，我这形象，就不是个斯文形象，而是土匪样。说我"文艺范"，还不如说我是"文艺犯"。

止溪西北角，地势最高。山隘处，便是水库。右上角，便是同安顶。

在后来施工时，为了满足那个溪水在院子里流淌的感觉，特意埋了一根水管，将溪水引入院中，让它盘旋够了再流回溪里去。

此是后话，且说大姨在一个类似鸟嘴的地方新建了宅子，我说，如果把那宅子和山体一起移到溪边，就是完美了。可惜，世间无此等好事。纵有，也轮不到我啊。想到这里，心下稍安。

结果后来房子建到二层，才发现四周皆山景，且不远不近，飘飘然有凌空感。

当时还怕这里荒凉，岳父一直闷闷不乐。结果，时间不长，三亚红树林度假酒店在下游一公里处规划建设的华东最大的旅游度假基地奠基，买下对面地块的当地巨贾高长虹先生，与中央新影和银江集团合资，建成了"微电影小镇"，开发了集装箱民宿。余杭区政府将径山和周边几个乡镇整体开发为"大径山旅游带"，千亩花海和自行车道、樱花大道一溜建来，使得一向沉闷的双溪成了当地最大的旅游开发热点区域。

这真不知道是喜是忧。喜的是配套一日千里，忧的是怕不再清净。后来看看项目规划，觉得应该无虞，毕竟都是旅游度假产品，乡村的宁静是大家一致的追求。

我们能在这里安家，真真要感谢家长的堂叔和几位村干部、岳父的好朋友，没有他们，单我们，断找不到这样的好地方。

心里想想，就已醉了

　　想象中的这座院子，要适合聚三五好友，方得称心快意。无论在海南开餐馆还是在乡下盖房子，莫不如此。

　　至于家长，十多年前，她就在朋友们面前吹嘘自家风光如何，若盖了新房，人多就收费，人少就免费，一定请大家小住几日，体验城郊高尚生活。这个隐秘的算盘，就此被激活。

　　归何？归田园、归青春、归梦想。

　　那日看到我在《新京报》的老领导李列带着妻儿跑遍浙江山水，最终择临安一座山村隐居——此地距我正在修建的院落不过五十公里，便觉文人那点小心思，虽然自觉奇特，但其实彼此差不多。

　　再那日，有人说"你们报社的人盖的房子都差不多"。我初以为图纸泄密，再想又觉不对。一打听，却原来是杭报集团在水库边造了个民宿，完全与我一个风格。 天下文青是一家，诚不我欺。

设计阶段，我一直反对建得太大，因为没有必要。人少房多，会成鬼屋。眼见得乡下那么多大房子空关，实在是惊心。再过几年，老人一过世，晚辈都在城里不回来，这地方得有多少房子成建筑垃圾？

唯一可以冀望的是，这地方离城近，城里人喜欢这里的山水，到时可以接盘。

我和家长两个在城里工作忙得要死要活的人，在这里盖房，想了那么多，结局都是不可能住，那还盖房作甚？简直就是一对神经病。

那日有两拨朋友来：一拨代表是联众集团的余总，一拨代表是在莫干山开民宿的"王旅长"。两拨人都是对乡村旅游有独特经心的朋友。看了这场地，直觉得可以做成一个公共场所，若只是自住，实在是太浪费了。关键是，自住太过寂寞，实际上就如其他农宅一样，平时关门，周末来打扫卫生。

房子，一定要有人住着用着，才有生命力，否则，就是一堆建材。

听他们这一说，我觉得甚是至理。余总甚至说，若我们真无精力，他们可以代做。

一番话说得我心潮澎湃。我说，出版了《阳坡泉下》和《看见传承》（与一帮高人合著）两本书，按照现在不要脸的低标准，也勉强可以称得上作家了；加上在报馆里工作的经历，教小学生写野外作文总是可以凑合的。要么，我每月办一次写作会或者读书会，带小朋友玩玩好了。等房子建好，估计儿子也正好会玩，若有人带小朋友来，正好是玩伴。

岳父在侍弄玉米。父亲那日说，他看了南方农作，明白务农的在哪里都是泥腿子，这个农活儿，他是干伤了。

家长说，她可以在这里开办一个分工作室。有喜欢皮具设计和制作的朋友，可以在这里做皮具，也是一桩趣事。

我说，可以请永康的画牛大王陈李新在这里教人画画，再请某个朋友来显摆书法，岂不是齐活了？

未开工时，竟有直升机从竹头掠过，是为贺喜吗？

朋友说，你一对夫妻，好歹在文化界和设计圈有些个朋友，请他们来住住、玩玩，同时也是在分享他们的人生，没有比这个更好玩的了。

这么一说，越发欲罢不能，直想着马上建成，将那一干"文艺犯"请到家里，喝上几杯。再罚他们下地种菜半日，采茶半日，走时送几个芋头，榨取他们的劳动力……想想都美得不得了。

后又有一位做金融的朋友在大理住民宿，与主人一聊，拿起电话就打给我，嘱我千万不要把这好地方给糟蹋了，若设计不好，莫如不动。那边开民宿的朋友听说有这么一块好地方，口水都快流下来了。若我有心意，他们绝对愿意花钱投资，我自己只要坐享其成就是了。

我默然。盖这房子，一开始是为了应付上了年纪要住新房的岳父，慢慢就变成了给我们建一座会客庄院，再慢慢就变成一个对外项目了。

而最后一个选项恰恰是我不甚喜欢的。若哪日失业了，做个营生也许是好的。但在目前，我只想把这里变成一个与朋友们玩乐的场所。否则的话，投这么多钱下去，还不如在别处住民宿，可以住一辈子了。

待客自有道，我和家长每日除了监工，还要设想弄些什么项目能够让朋友们在这里盘桓时不至无聊。比如一平方大小的菜圃、果园之类可以剥削他们劳动力的项目，是我最喜欢的。

上竹山一百五十年

有必要交代一下止溪所在的这个地方。

可以想见，如果没有太平天国的屠戮，如今的上竹山，应该与浙西邻近安徽的小村庄无异，有着徽派风格的建筑和吴越绵软的方言。此地是古时候太平山通往"双黄"（即双溪和黄湖）的必经之地。此外，杭宣（安徽宣城）古道从村中经过，作为杭徽交流通道之一，沾染了安徽派茶商的风尚，建筑风格接近徽派，便也顺理成章。

以太平山为中心，方圆数十里，三面环山，北有狮子山、白象山（因形状像狮子和白象而得名），南有大坞坑，西有马鞍岭。自双溪沿山谷而上，历岑家畈、仕村、后房、千岱坑、四岭郎、同前庙、沙溪头、罗望坞、瓦窑湾、芝坞里、祝家庄、祝家湾、施家坞、后坞、上潘、下潘、太公堂、尖山脚、凌村坞、上高、嵩村、抖坞、下溪头等村而至太平山村，直线长度有一千米左右，人称"三十六村"。三十六个村的风俗相同，村民交往密切。

但保存了一些古建筑的，只有千岱坑自然村。

一切变化，应从 150 年前的太平天国战争（当地人称"闹长毛"）算起。原住民几无遗留，人口结构全然改变。据流传下来的祖辈说法，当年移民到来时，十室九空，兵燹之灾已致人口几无遗存。

这个地方，就是我要张罗盖房的杭州市余杭区上竹山村，距杭州城西三十多公里，距阿里巴巴的淘宝城二十多公里。

如今，村民里有相当部分的人在家里多讲闽南话，少数讲其他方言，如富阳话、萧山话、绍兴话、嵊州话。当然，出了家门，民间通行的是余杭方言中接近瓶窑话的那一支。前两年，余杭区将遗存的两百年历史的徽派建筑统合为"千岱坑特色村落"加以保护，勾起了断裂已久的印迹。

屋舍仍在，斯人已不存。现在的上竹山村，与周边乡镇，以及湖州市的安吉等县相似，也是各种方言的混搭区。春节等各种节日，亲戚们举家串亲，来往吃请。因为是移民，亲戚少，以前家里常备八条床，为的是春节期间亲戚小住。现在交通方便了，干脆举家访亲，当日往返，将所有的亲戚吃个遍。

1860 年，太平天国李秀成部由皖南进军浙江，攻占了四岭村山后的安吉县，次年攻占除温州、衢州两府城及龙泉、定海等五县外的浙江全境，建立了浙江天省，浙江成为太平天国后期主要基地之一。杭州城是清兵与太平军争夺的中心，有一次受屠 14 万人的记载，其战争创伤几乎可与天京南京相提并论。

1862 年，浙江巡抚左宗棠亦由安徽攻入浙江，1864 年后收复全省，在奏朝廷折中汇报："通计浙东八府，惟宁波、温州尚称完善，绍兴次之，台州又次之，至金华、衢州、严州、处州等处孑遗之民，则不及从前二十分之一矣。或壮丁被掳而老稚仅存，或夫男惨亡而妇女靡托。"

据复旦大学教授（现上海交通大学教授）曹树基等人研究，太平天国战争之前，浙江大约有人口 3127 万，战后，全省人口只剩 1497 万，人口损失 1630 万，损失比例为 52%。其中，杭州府损失人口 300 万，人口损失率为 80.6%，上竹山村山后的安吉县人口损失率高达 96.0%。太平天国之所以在浙江杀戮甚重，是因为浙江读书士子多，民不受其邪说蒙蔽。反抗越盛，杀戮越多。

战后的浙江北部几乎赤地千里。曾多次来华考察的德国地理学家李希霍芬，1871 年在上海最大的英文报纸《字林西报》撰文称："谷地的土壤极其肥沃，却完全荒芜着。刷着白石灰的漂亮房屋掩在丛生的树木之中，无人居住。一些城市，如桐庐、昌化、于潜、宁国，只是一片片废墟。"上竹山村所在的余杭西部，同样遭受兵燹之灾。

这一切，在左宗棠收复浙江整整一百年后的 1964 年开建四岭水库时得到了验证。当时挖掘出一座千人坑，不少死者站立坑中，人们相信他们是被活埋的。

天下财赋，半出江南。当时，面对如此景况，清廷一再谕令各省赶紧招垦，河南、江苏移民陆续过来，一些湘军也就地转业屯垦，以致浙江省政为湘人把持数十年。直到杨乃武与小白菜的案件发生后，慈禧太后抓住机会，重击了盘踞在浙江官场上的湘派。

当地绝大多数的移民来自省内，尤其是人口早已饱和但受兵灾较少的绍兴、宁波二府，以及沿海的台州和温州的无地农民。他们先在嘉兴府安家，尔后又迁入处于河谷和低山的杭州府和湖州府。据 1898 年统计，余杭县共有外来移民 28499 人，其中绍兴移民为 14366 人，占 50.4%，其次为宁波、温州、河南、苏南和台州。

当年，移民初到浙江省内平阳（含今日析分出来的苍南县，是温州地区讲闽南话的区域）时，这里几无人烟，情形与李希霍芬所见几无二致。移民见有空屋，推门一看，白骨或卧或坐，形态各异，轻轻一推便倒地。那原来是兵灾后尸体没有处理，发生瘟疫，将仅剩的人口彻底毁灭。移民便以麻袋收集，集体掩埋。侥幸免于战火的村民，终究未能逃过疫疠。

移民选中的地区，与原籍的地理状况非常相似，以至出现了一个歌谣："本地人住城镇，安庆人住高山，平阳人住丘陵，河南人住田畈，苏北人在港滩。"这也意味着，在不同的地理区域，不同来源的移民所占的优势是不同的。在丘陵地带的四岭水库一带，接近 40% 的移民来自平阳。

八十多年后，平阳人已在当地繁衍多年，家长的祖先、东阳人张氏出现在这块土地上。张氏是有名的篾匠，行遍全省。从地理上说，仕村处于天目山和莫干山两座大山的怀抱中，又有太平溪流出。当地有谚语说，上有天堂，下有苏杭；苏杭苏杭，要数双黄（即双溪和黄湖）；双黄双黄，要数仕村后房。于是张氏在四岭村的仕村定居了下来。

其实，如果忽略时间上的千年变迁，闽南人也是河南人。宋代之前，以晋人衣冠南渡为开端，河南人三次南迁，将中原古音带到了闽南泉州，使得闽南地区保留了中古时期最纯正的中原汉语。现在泉州开元寺元宵节用闽南话吟诵唐诗，用的就是中原古音。闽南话形成后，部分闽南渔民沿海北上定居温州市的平阳、苍南一带。太平天国运动平息后，部分闽南人又从平阳出发，迁往浙北部分山区。

1964 年，为了在经常闹洪灾的苕溪支流太平溪上修建四岭水库，库区里的罗望坞、瓦窑湾、沙溪头、同前庙、四岭郎五个自然村中约百户人家移居到了千岱坑，千岱坑因此成为四岭村中最大的一个自然村。

水库南边仕村桥头，立着一座杭州市级文保单位"余杭县公署文碑"，这是民国十四年（1925 年）为处理移民之间放排毛竹和农田灌溉的矛盾而立的。据当年的相关记录，移民初至本地，经常因占地、灌溉发生冲突，直到百余年后，才真正融为一体。这块碑，由当地乡贤高长虹先生配合地方发掘重立，见证的正是这段历史。

岳父有诗赞曰："东方漂流西方湖，碧清溪水不停流。南北对山青绿秀，粗树长竹满山坡。昔日古道纵横走，现代公路宽畅行。杭州去回一瞬间，一日双溪玩不够。客人到我地方来，径山茶叶羽泉水。"

余杭县公署文碑。

我 真 的 要 回 乡 下 吗

　　不论选址先前如何漂亮，只要开工，就会被整得惨不忍睹，但愿建成后，这里已经是一座漂亮的花园。当然，也许这个过程不是一年，而是五年甚至以上的时间。

　　那日周末，有原《南方都市报》首席记者、现阿里巴巴的韩师，原《时代周报》首席记者、现著名浙股会创始人陶师到访，索性举行一小型奠基仪式。我们三人在竹林里开挖，行奠基礼。时阳光普照，林间树影斑驳，水声虫鸣交织，好一派田园风光。我等不讲究日子风水，只为欢笑一场。人生不过如水随性，何须拘泥。

　　挖掘机从溪对面下水，跨溪越堤上来，轰鸣着开进工地的一刹那，我心中只有一个念头：时间开始了。

　　这其实是《南方都市报》兼《新京报》前总编辑程益中在《新

京报》创刊时的一句话，用在这里，也算是另一个志业的起点。

虽然房子已经开工，但家长的疑虑一直没有解决，一直在询问："你究竟有没有想好把它做成什么样子？这可是我们的全部家当。"

我当然有自己的理想图景，可要说实现，实无把握，心中忐忑不已。现实历来如此，没有肉，理想丰满不了。

年少时，我没有理想，或者说，觉得自己肯定会游历天下名山大川，尤其是烟雨迷蒙的江南。那时，西北高原与江南的区别是：西北的柳树是冲天长的，粗砺、壮实；江南的柳枝是向下垂的，细如丝绦，燕子掠过，擦出轻吟的诗歌。城市，对我来说缺乏想象，也并不向往。也许在真的相信自己是"社会主义接班人"的那一刻，北京是个伟大的地方，但这也仅仅是一瞬间的事。

大学毕业后，大家都以大城市为就业志向，可我向往江南的那些小城市，最终去了闽南，险些去烟台，拒绝了北京和甘肃的一些单位。

后来，游历是实现了，在广东、海南都留下了足迹，在江南也晃了一下，然后不得已，到北京工作了一段时间，终究是不喜欢那里，便在杭州落脚，打算就此了却残生。

如今回头看，我对乡村的热爱是发自内心的。每遇问题，家长便说："最积极的是你和老头子，我又不喜欢乡村。"

此言不虚。我要砍掉竹子施工，岳父心痛得不行，只能隔日一砍，直到最后砍光。屋旁茶园，我硬要保留，说是后来种的没有这种感觉。为了保这茶园，施工时要多别扭就有多别扭。在这方面，我跟岳父天然地心有灵犀。我知道他可惜竹子，要砍只能偷偷地或者强行进行。甚至地块的格局，原来是三个天然落差，我要求保留。别人盖房都是垫平、垫高，我倒好，专门保留这些原始地貌。设计师不得不按照我的意思，放弃他们的美好设想。一株苗、一棵树，都不能因为我的到来而改变它们的生活方式。甚至垫坑的材料，我也要求是好土，不能是建筑垃圾。

这真是坑人。可我觉得，我们总不能住在建筑垃圾铺垫的地基上嘛。

但这并不意味着乡村事事美好。我不过是不喜欢城里的雾霾，不过是自幼喜欢乡土气息。但在城里资讯生活便捷以及更容易找到共识话题的朋友这两点上，乡村永远无法企及。也就是说，一个现代人生活的基本网络都在城里，乡村有的是优质的空气和水，但缺乏人的活动氛围。

若说乡村最让人难过的，反而是底层的"互害"，乡风远没有我们想象的那样醇厚。偷盗、互相举报这种事，哪怕在城市，也没有那么普遍，在乡村反而可能不胜枚举。家长将此归结于移民社会，我想，可能有这方面的原因，但并不能全部归结于这个原因吧。美国也是一个移民国家。

一个小小的工地，就是一个小社会。岳父有他乡下的做事规

矩，觉得你对人家好，人家自然好好干活儿。而我们觉得，我出
钱雇人干活儿，自然是公事公办。于是常见的情景是，我在计时，
岳父在递烟。

在后来的一系列施工过程中，这样的冲突无日无之。岳父看不
惯我们这种公事公办的套路；我们觉得工人拿钱干活儿，我们何
必去巴结他们？

有一日，包工头跟我讲："我又不是做生意，我是帮你盖房子
哦，你有没有搞错？"

这话听得我目瞪口呆。这工程承包怎么就不是生意，而是

帮忙?

乡下最喜跟风。盖了谁家的房子盖得好,这个包工头马上就能揽到更多的活儿。如果这个业主是有身份、有影响力的,那就更理想。我们请的这包工头,也是盖了某某家的房子,我们觉得很好,才请来的。但若盖得有差池,也会马上传得到处都是。如果业主有点影响力,便传得更厉害。影响力就是把双刃剑。虽然我一直做着影响别人的工作,但一落到实处,才发觉它确实威力巨大。到了合同阶段,包工头就有一些要求修改的条款:知识产权保护。

对我来说，我不想看到第二幢与我家一模一样的房子，再说这设计图也是花了钱请朋友做的，不能不珍惜。但在乡下，哪家房子好看，马上会跟风涌现一批。

我要求包工头做好资料保护，不能外泄，否则得担负责任。但包工头一句话就噎住我了："别人来看着做行不行？"我说："这个管不了，但光看看，也做不了。"

"别人拿把尺子在这里量，你让不让量？"

我马上哑火。

一切都是令人喜欢的，一切都是照旧让人无法忍受的。乡村依旧是我们熟悉的那个乡村，没有现代规则，只有乡风民俗，说不上好不好，更多的只是不适应。

看着无限美好，实现起来千难万难。城市并不一定代表先进，乡村也并不一定代表落后，各自的逻辑平行发展，忽然在我们这代人身上剧烈相撞。

只能说，乡村留在原地等待我们太久，而我们已经出发太久走得太远，我们已不是那个乡村的我们。

难道不应该走出去吗？我们走得还不够远；难道乡村不该留在原地等待吗，否则的话我们现在回到哪里去？当然感谢乡村的等待，否则到处都是高楼厂房。

可是，改造乡村是何等巨大的工程，再说，改造之后，还是那个我们喜欢的乡村吗？难道让自己适应乡村规则？这也许是一条出路，那么，我们当初为什么要出走呢，难道只是为了谋生？

当年，乡村精英被城市吸走，农村反哺工业和城市，造成了巨大的城乡鸿沟；如今，恰恰是城里的精英们，又盯上了乡村资源。奢谈公平没有意义，就算城市反哺又能怎样，反正一代人已经过去了，有能力改变命运的也早就进城了，哪怕是农民工进城打工。

当年进城的农村精英参与创造了城市的辉煌，今日的城里人，又将为农村带来什么？是殖民式的外来文化植入、破坏，还是将心比心的乡村重建？

多抒情、少牢骚，才是文艺青年的本分。

地图上抹掉的和重生的

　　春节期间停工，与父亲闲聊，说起乡下老屋门前，当年的人声鼎沸早已不见，掐指一算，人口已三去其二矣。

　　惊觉，当我在江南重建庭院时，西北老家正在消失。

　　其实，杭州西部农村，也曾经或正在经历这样的人口变迁，只不过，相比中国西部，更有生机罢了。

　　由于一百五十年前"长毛"的屠戮，杭州西部形成了多宗移民杂居的格局，方言、风俗、地理均不同。那支"本地人住城镇，安庆人住高山，平阳人住丘陵，河南人住田畈，苏北人在港滩"的歌谣，至今仍是现实，一个明证。

　　虽已一百五十年过去，但各自的界限仍然清晰无比。各宗保持着各自的社交圈子和当初占有的资源，虽历经改造，仍封闭而有效。大宗仍然势重，小宗不得不小心翼翼。

　　一个例证是，施工期间，总有各种工作以外的意外发生，比如沟通问题或安全问题。后来有人跟我讲，工地上，最好是一个本地人配一个外地人。有外地人在，本地人使不了坏；有本地人在，沟通很顺畅，毕竟工地上有许多当地的地理、地质条件的特殊情况，外地人确实弄不明白。

　　除了以各种血缘关系为纽带的隔绝之外，官方对民间社会引导的伤害，亦是不可忽视的一个方面。在宋代，包括定都杭州的南宋王朝，都禁止官员向皇帝告密，以防止政治伦理的败坏，包括一些私人书信，绝不能成为呈堂证供。

　　但在某个时间点，为了大规模地监控人民的行为和观点，告密被认为是最有效的手段。这导致的后果就是人们之间没有互信，信任关系无从建立，每个人都孤立于世。现在这种境况虽然好一些了，但由于官方追求快速得到一些政绩，告密仍然被派上用场。比如哪户人家多盖了半个平方米的房子，谁家地界出去了一米半米之类，皆被民众用来报复仇家，而官家对这种告密行为大开绿灯，甚至鼓励有加。

　　相比城市，农村的社交平台单一，人际矛盾更多，远不似城市那么简单，哪怕兄弟之间，也有彼此举报不得安生的。

　　有些事情的做法，就不得不依着乡间成法，而不是按照事情本来该有的样子去实施。

　　正如三十年前，我家老院，是村里不批建，一些友善的村民帮着父亲一夜间拾掇起来的。慢慢地，一间房就变成了一个院子。这个院子正好是两户人家中间的一块菜地。北方盖房不似南方讲究，两家直接共享一堵土夯墙，屋就建起来了。

可能有人会奇怪，两家何以能共享同一堵墙？陕甘一大怪，房子半边盖。因为缺少大型木料，陕甘人民盖房不用人字梁，而是直接用椽檩搭个半坡，这样可以省去人字梁。于是，两间背靠背的房子，中间是同一堵墙，外面看去，倒似是一大间人字梁的房子。

但实际上，单从外表也能马上看出来那不是一间大房子。秦地盖房，极讲规制，比如客房，那是正面的主屋，屋顶得有兽脊，比院内其他所有房子要高出一头。其次是厨房，一般是西厢房，这屋一般也住人，尤其是冬天，必须烧炕，否则冷得待不住。北方的炕，既是热炕，又兼壁炉的功能。再次是小夫妻的卧室，一般是东厢房；如果孩子多，厢房可能会隔成几间。南边是院门，一般不盖房。

房子如此密实，只因人口稠密，出路又几乎没有。除了个别当兵离村的，大家都在这里打庄盖房，娶妻生子，世代轮回。

本来，我也要经历这样的人生，却阴差阳错成了出局者。其时，我家贫困，父亲看中的人家不愿将姑娘许配与我订娃娃亲，既然老大无婚约，老二也没法有，于是弟弟也无婚约。兄弟俩攀婆娘没攀上，一门光棍儿指日可待。

　　这在乡下要冒极大的风险，因为几乎所有的女孩都有了婚约，不早点下手，就意味着光棍儿一生。

　　除了订婚约，还得打庄，一个儿子得打一处新庄，这件事基本上会耗尽一个父亲一生的心血。待老大成婚分到新庄，一大家子就像蜜蜂那样分家另过，老头儿老太太就跟着小儿子在老庄终老。

　　印象中，村里日子稍微好过的那几年，新庄一个接着一个，大家都搬离了老庄，住到相对偏远但宽敞的地方。

　　我高考那年，考完后在家收麦子等待放榜。挑麦子过山湾时，被山坡撞翻到沟底，心中恼怒，干脆躺在沟底看无边的阳光。路过的村民看了，直叹"这娃要是考不上大学，可怎么办"。

　　还好，我们兄弟和村里的一帮小伙伴，都先后离开了这山村，不再有打庄娶妻的压力。

　　岂料，不用在老家打庄了，跑到江南却依然逃不过盖房修院的命运，可见人生都有定数，若有喜乐躲不过，若有苦恼也躲不过。

　　在我们离村的这二十年里，似乎发生了历史上从未有过的变化。除了进城工作的，还有长辈随孩子进城的，又有人因孩子在外地读书而进城租房居住，又有人在外地打工。总之，曾经最热闹的我们那一片，现在连三分之一的常住人口都不到了。有些院墙已然坍塌，有些院墙，如我家的，几乎倾倒，我们也懒得去修理。

　　春节期间，同在外地工作回家过年的小学同学换了一张头像，

据说石榴有开枝散叶、人丁兴旺的
寓意，岳父老宅里的这株石榴，必
要移过去才行。

人声鼎沸的鸟嘴老家，有些房子已然墙倾屋塌，人去室空。邻居陈家的老庄，在我大
学还没毕业时，就已经失修成这样了。

是一条两边长满尺长野草的小道，问是哪里，却道是门前。

要知道，二十年前，这条道是官道，重车、牛马碾压之下，根本不可能有草，现如今，这道上仅容一车通过，哪还有官道的气派？只怕是赶羊道还差不多。

那日弟弟说，他老了就回村去种地，美气得很。我说："看这样子，到你退休的时候，估计地里的路都不通了。"结果母亲接过话去："现在已经不通了。"父亲说，他前一年回老家，沿原来的小道骑车进城，结果那路早已荒废，衣服被两旁的野草刮了个乌漆墨黑。

我说，若如此，弟弟到时只能坐直升机进村了。

弟弟说他要种果树，要种土豆。母亲说，到时候真种了，那也是给野兽种的，因为别人家可能都不种了。我小时候还见过狐狸从地里逃走，夜里经常驱赶偷鸡的黄鼠狼，地头经常有黄鼠狼的窝；父亲小时候还见过狼。但后来，就连黄鼠狼都见不到了，因为几乎所有的荒山都被开垦种植。

而这些年来，撂荒的耕地越来越多，原先保护起来不让猎取的野兔已经泛滥成灾。以前总是没长大就被砍来当柴烧的沙棘，现在长得树一般粗了。小时候，我经常在沙棘林里捉蚂蚱，若是沙棘树一般粗，想来人根本进不去，更说不定里面有蛇。想想，那村一定会被野兽一步步侵占，重新成为它们的领地。

有个数据说，到了 2050 年，中国人口只剩下 10 亿，然后继续减少。不论是总人口减少，还是中国人口的城市化速度加快，农村的废弃是一定会发生的，只是不知道是哪些村。有预测说，50%的人住在长江三角洲、珠江三角洲和京津冀三大都市圈，以及武汉、重庆和成都等长江流域的大都市，那么，其他地方的人口流出，就不会有任何疑问。想想刚刚过去的2015年，连哈尔滨这样的城市人口都下降了，我们村的人口下降，难道不是早就该发生的吗？

　　而且，人口流出一旦成为趋势，就会加速。村里的建筑本来就是泥屋，要是一年无人居住、维修，马上就会被雨水泡出毛病；再加上无人居住的房子多半会成为让人看着心里发毛的"鬼屋"，这村子里的人只会加速流失。

　　人没了，地图上还会有这个村子吗？

　　另一方面，我又赶紧在各种地图上标注了"止溪"这个地名，让它赶紧生长起来。

　　一个地方的存废，果真是因了人的去留。

分享我们的故事

　　江南村民盖了新房，很多老房子放在那里，拆了纯是增加建筑垃圾，又不能多一分好地。因为老屋多半建在村子中间，场地比较逼仄，加上土地多半硬化过，复耕的可能性远没有黄土高原上那么大。

　　事实的确如此，建了那么多新房，要么原址复建，要么异地建了之后，将老房拆了，但它还是个废弃的院子。现在农业产量高，一亩地的产量顶过去近10亩都不止，粮食价格这么低，村民早就不种粮了，我现在种树的地块本是非常好的水田，可也一直荒到我们到来。

　　这几年政府鼓励发展民宿，且那地方非常适合。那日碰到村里领导，他说，能否找到合适的公司，把这些老房子租了去，让它们派上用场，拆了实在可惜，又增加垃圾。

民宿的兴起，是农村与城市融合发展的一个产物，当然也可能是分工的产物。城市提供财富，农村提供空气、水源、风光、放松的空间。浙江作为全国第一个消灭绝对贫困的省份，坚持绿水青山与金山银山的协调发展，这方面的城市融合，自然不会落在后面。

有些人说，你围墙一建，就是一个大宅院，多好呀。我说，呀呀呀，正相反，我要的就是一个无边无际的地方，一眼望出去毫无障碍，不但没有围墙，哪怕连基本的防盗门窗都不装，唯有如此，才是一间通透的房子。

房子通透，人心也就透亮。我们都是好孩子，相信别人也跟我们一样。我不是要把生意做成怎样，而是要别人一起来分担我的压力，当然也分享我的生活。

不专擅，是我的性格。熟悉我的朋友太清楚了，若没有饭搭子，我会连饭时都错过。在南方报业跑国内深度报道时，因为不想一个人吃饭，我经常饿到晚上九十点，实在撑不住了才去吃，结果把晚饭吃成了夜宵。

时间不长，胃就出了问题。一场胃镜做下来，便学得乖乖的，按时吃饭，甚至学会了煮粥。

煮粥的窍门是《烟台日报》的美女尼莫教给我的。她丈夫是我的大学同学。有一次在烟台出差，酒醒后在她家吃到了最美味的粥。后来请教时她讲，大米先要用凉水泡软，再慢火炖煮。就是这么简单的窍门。我后来传授给了很多女生，貌似都没成功，可能是她们都没有尝到好粥的缘故。

当然，广东也有好粥，尤其是虾蟹粥，我最是喜欢。浙江人做海鲜粥，要么虾粥，要么蟹粥，我就喜欢"龙虎宴"。

因为喜欢呼朋唤友，便喜欢到处兜售自己的心得，别人言我好为人师，诚哉斯言。

这座院子，自然也要分享，分享不就是为师吗，且要造得正好够用。

有些村民起别墅，看起来气派，可是人房不配，岂不是大而无当？若能做到每个屋子里都住着人，再有可心投缘的，彼此两杯酒下肚，又能扯点有的没的，岂不是快意人生？

所以，我的厨房，绝不仅仅是一个吃饭的地方，而应该是有书可读的。楼下吃饭，楼上啃书，这样才不枉了读书人的虚名。

其实，村里有很多老宅，若能交给有趣的人盘活，也是一桩美事。村干部也早有此意，可惜一直没有找到合适的机会和人。

我看到过不少城里的文艺人士在乡间改造的老宅，因了时间的积淀，远比新建宅第有趣。他们的到来，会给村里带来前所未有的震撼感受。无论建筑的改造还是日常活动，一定是新鲜有趣的。也许到某一天，我在新宅待得烦了，到老宅一看，哇，人家搞得这么好，一片悔意涌上心来，马上也搬到老宅。

至于忌妒，那是不可能的。我最大的优点有两个：一是不愿意

躲在止溪，闲来看天，云卷云舒。

给别人添麻烦（给最亲近的人添的不算），二是不忌妒。前者是因为本分，没有人是供你使唤的；后者则不是因为品格高尚，而是经常不懂得欣赏。我出身寒门，见识鄙陋，见人家里金碧辉煌，只觉头晕眼花，不但无力欣赏，可能连出路都找不到，最后撞在玻璃门上。正因如此，特别不喜欢到别人家去做客，觉得太给别人添麻烦，也不懂得做客的礼数，索性不去。

后来发现一个前辈文人也是不喜欢到别人家去做客。却原来，凡是文人，心思也都差不多，就像再别致的房子，也能找到第二间那样。

家长一直在批评，怎么什么事都拿出来写。我说，这些故事，无伤大雅，拿出来给大家讲讲，一是自嘲，二是分享人生，何必拘泥？

不过，说实话，家长的话不能不听，所以，多少漂亮的故事，就这样活生生被埋没了（此处删去十万字）……

我儿现在三岁，也相当有风范。一应好吃的西瓜之类，他拿了就往别人家去巴结。家长说，这娃与他父亲相反，他父亲是个典型的甘肃人，木讷而笨拙，除了写写弄弄，一点也不会搞关系；生了个儿子，倒是个交际花，别的小学生都不喜欢与两岁不会说话的小屁孩玩，但喜欢跟他玩。他懂得跟人打交道的窍门。

我说这些，分享的无非是故事和乡村经验。但这些故事有时新鲜，有时老套。放在大的时空背景下，就像从竹竿脚手架旁掠过的直升机那样，有违和感，亦有喜感。将来某一日，城乡隔绝已经消失，城里人可以自由到乡村置产度假，农民可以自由进城选择自己想要的生活。这一日想来不远，只是有人并不愿意看到，迁延至今而不能行。

有行将消失的乡村，亦有正在重建的乡村。乡村不仅是建筑，还是生命的实现方式。但是，重建的并非原来那个，也非原地重建。我自西北来，西北有危楼……地倾东南，这类大词不断冒出脑海，是为我们这样的乡村新居民作序。

随着这一轮的回乡运动"扫荡"，相信农村的文化和利益结构一定会有大的重组。

我虽无意也无力于此，但在乡村引入另一种文化，是我辈义不容辞的爱好，明日，我们且在溪边吟唱西洋湖畔才有的诗歌。

各花有各妈，各花有各命，各花有各处。唯有分享出去，才有生命。

PART
2

营造法式

车是男人的第二个老婆，要收拾得体面、干净。再懒的男人，也会把自己的车子收拾得如新娘一般。

房子也是这样。性情厚重的人，自然选择汉唐风范；而心思敞亮的人，自然选择通透的落地大玻璃窗。

我立志做一个在家里洗澡也能晒到太阳的人。一开始与设计师蒋卓见沟通，便是这三个要求：

与环境融为一体，坚决不能破坏一草一木，包括地平线和原始地貌；

通透，透得星星都能跑到床上来苦眠；

房间格局要方正，要让人心胸开阔，每房入景。管它对面是笔架山还是刀剑山，能纳多少纳多少。

蒋卓见真是个好设计师！

可 以 晒 屁 股 的 房 子

方向定了，主意就多起来了。对于房子，我的想法是，第一，它必须有足够的私密空间，否则，与住在城里无异，何必跑乡下去？

这意味着，房子得有建筑高度，与他人庭院的距离得足够大，以及遮挡的绿植要合适。以什么为度？我说，以在自家阳台上晒屁股，没有人看得到为准！所以，我的顶楼，得是玻璃阳光房，里面有洗浴设施，可以边洗边晒，直到屁股发黑。

好吧，这座院子，东边屋侧，是一座天然茶园，再往东，是一片竹林，一公里外是红树林度假酒店。院子与酒店中间隔着一片稻田，一到秋季，金灿灿一片，拍照极美。南边是苕溪，夏天是喧嚣的漂流，但因隔了堤岸，院内只闻水声。北边是一条村道，道外又是稻田。

西边，便是邻居家。

岳父大人多年经营，有些银杏已长得足够高大。如果沿两家地界种一溜银杏下去，便是银杏大道也不过如此。加一片天然竹林，隐私保护自是无妨。

动静得宜若此，目前无复他求。

第二，这样的房子，必要御寒取暖、夏日清凉，可对我这样一个环保主义者来说，这势必是一个极耗费能源的设施。想起工作时认识的正泰集团的一个美女领导，她们那里貌似生产太阳能设备。电话过去请教，原来这是当下时兴的东西，便立即决定引入。

后来经历种种打磨，总算把地暖、热水、空调一应物事全部安排停当，做了最综合的统筹，算是完美。

第三，须得有竹有茶。宁可食无肉，不可居无竹。对一个写字的人来说，有竹有水，便是乐事。

有了地，房子设计得马上进行。岳父大人的想法，当然是时下乡间最流行的款式；而我们的想法，当然是百年亦不落伍的设计师产品。其间争执，自不赘述。唯帮忙的景观设计研究院院长蒋卓见，面对我们这样不同的意见以及完全的心中无谱，诸般辛劳不已。最终的设计，是家长确定的，采光通透和房间舒适度优先，使之成为一栋与周边自然生态完全融为一体的建筑。

设计师蒋卓见也很在意这个项目，他是我朋友黎总的朋友，有志于将这个项目打造成一座他心目中的民宅，而我还算尊重设计师的业主，两方合力，自可最大限度实现各自的心愿。

介绍我认识蒋卓见的朋友黎总，是我多年前认识的。那时他在一家建筑公司理事，我因为采访一个有关经济适用房的选题，与他结识。人常说记者与采访对象的关系是"露水关系"，但我活生生与他变成了朋友。

我特别喜欢一个开发商的理念——"把房子种在树林里"，而非相反。

于是，原来的几十株高大的香樟树，虽在岳父眼中没有什么经济价值，但作为原生的物种，是最宝贵的，必要保留。屋旁的茶园，也要保证周全。最后定位时，为了这块茶园，煞费苦心，硬是把院内通道、房基、茶园三方位置做了完美统合，全给安排妥帖。

不过，房子周边都是竹林，稍嫌单调。那么，植树就是必然。

岳父已于十几年前有所安排，在山上种了十几株银杏。讨厌的是，它们现已十分高大，我去看过，人力根本移不下来，挖掘机又开不上去，这可怎办？

移树那日，一众工人上去看了，确认不可能成功，只得放弃，改从老宅里移了一排来，树顶刚刚够到二楼顶，住在三楼的房间里，刚好不被邻居家观测到动静。

至于漫山遍野的红杜鹃（映山红），岳父已经移栽部分在老宅院落里，开得落英缤纷，十分壮美。

东北角最小的屋子，也有这样的风景。屋内是榻榻米，是我们特意要求的。

卫生间里，也得有这样的风景才对。

竹外竹内。

　　将房子种在竹林里的念想，会在旁边的竹林里实现。那片三亩地的竹林里，可以搭一些小木屋或者小竹楼，让那些追求野趣的人可以有一个与蛇共处的机会。

　　谁都知道，竹林里有的是蛇！我就亲眼看见过，像筷子一般粗细。

只有一张大长桌

2017年除夕，联合国官方微博发了条非洲尚有饥馑的博文，不料引发对抗，许多人认为这条博文不合时宜：无论此议题多么重大，也不应在华人欢腾的时刻发表。这个问题，甚至在一个相当多精英的群里也形成了不同意见。当然，更多人倾向于这是一个不太应景但中肯的博文。

而那些激烈反对的人，估计也没想那么多，无非是情绪高昂，正好找了个碴儿发泄一下。类似于一个段子：我在中国，也敢反美国总统。反正骂骂联合国又没有什么风险，又显得参与了大国博弈，何爽不为？

当初设计餐厅和公共空间，我倾向于全部用长条桌：一是这种纵深感是我们在城里缺乏的；二是，适合团队活动；三是，适合分餐。

一个春节，基本上是在吃别人的口水中度过的。凡是大桌菜，每个人的筷子在菜盘里搅搅弄弄，更兼有些人喜欢在里面挑食，更加让人不快。但这是风俗，我们无法扭转。一个朋友，嫁了绍兴那一带的一个小伙，讲起种种繁缛礼节，大为不堪。

前些年过春节，岳父内外家特别喜欢宴宾客，每户人家吃过来，到元宵还不到头。前年我们年轻一代议一下，决定大幅减少聚餐，外家每年仅排一家做东，每年轮流，相当于六场并为一场；本家，三家并为一家，只是不轮流，而是去酒店 AA 制。

据说，岳母以前置办的春节酒席，不叠碟碗不算数。正如秦腔《拾黄金》里唱的那样："七只碟子八只碗，整张桌子都摆满。"待我与他们在一起过春节时，便讲究饭菜质量，却对菜数毫无兴趣，于是碗碟数只好降下来了。

酒店的吃法，现在也好了许多。要是讲究些的，虽是圆桌菜，有些菜品也是直接分好了端上来，免得口水沾染。

支持分餐制的人，被掸的原因很可能是"没有那种一大家子吃饭的氛围"。但几年观察下来，实际上并没有多少人在饭桌上增进感情，年轻人只顾着刷手机，老人只顾着喝老酒，原来怎样，吃完还是怎样。且这种聚餐，除了卫生问题，更兼浪费严重。的确，圆桌菜不剩下来，就不符合"年年有余"的好口彩。且聚餐的人也不敢大吃，免得让别人看了觉得是"饿死鬼""抢食吃"；而分餐正好相反，若不吃完，则是不礼貌的。

就连我的婚礼，也是选了在有野趣的户外请宾客吃自助餐。一般来说，这种礼仪场合，礼到即散。结果，那日来宾们聊得欢，直接在西湖边要几杯茶，吃到晚饭时分。

止溪就应该是这样一个自在的场合，吃饭不拘束，行走自在，哪怕懒散，也有心意在。

2017年年尾，蒋家第三代蒋友柏在奉化溪口老家做了一场招待餐会，就是用这种长条桌。据说背后提供支持的是《都市快报》原总编辑朱建，他们做了个"私享会"的项目，专门以这种个体的方式提供高尚餐饮体验。

我觉得，每餐只准备三四个菜品，但每个菜品都做到极致，分餐给每个人，难道不是既不浪费又十分可口的吗？现在的这种大桌菜，每餐都把所有菜品上齐，反而每顿重复，第一顿感觉尚可，第二顿就了无趣味。

这种"吃老酒"，对好酒的人来说，那只是个酒桌；对我等对食品有兴趣的人来说，就是个浪费的排场。

至于用来开会和书画创作的桌子，那必是长桌无疑了。

请原谅我，只准备了一张大长桌。

它叫"止溪"

必也正名乎？名不正则言不顺，就像我儿尚未出生时名字已经取好那样。这房的名字，反倒是迟迟取不好。

总不能叫张家庄或朱家庄吧，那也实在太土了。思来想去，既不能土，又能叫得响，既不能张扬，又不能自我矮化，一波三折，屡起屡废。

其实早在看地时，就请给我《阳坡泉下》写序的杭州城里知名的文艺女青年、跟我们一起西行自驾游玩的甘小恬来看过，她当即取名"竹间"，我大喜过望，直觉美到不得了，遂以"竹间"为名，到处张罗。

结果，那日天朗气清，请了一位德高望重的老先生顺道查看，手机一通猛拍，叫绝不止。问案名，曰竹间。曰：好是好，只是尾音"间"为齐齿呼词，若"堂"等开口呼词，再好不过。果是高人。只好对不住甘小恬了。自家学艺不精，只好求教于朋友圈高人，道："溪边一处房子，有竹林、茶园之属，取个名字，比如竹间、溪上、溪园、石上清泉、竹间清流之类，一直想不好，请达人教我。"

朋友圈里一阵热闹，搜罗如下：河边、远山、兮园、径石、平乐小野、尚竹山居（谐音所在地上竹山）等。

个个均是大家风范，我爱不释手，可惜有些名字别人已经用了，终是不能专擅。最后，决定用"溪上"总名，其他附属地，可用远山、河边、径石等。竹林谓之野竹林，茶园谓之茶色，园内溪谓之石上清泉等。另用溪水分割庭院，每岛以桥相连，每岛以树命名，若我兰大文科区之玫瑰苑、芍药苑等。又央及回老家探亲的父亲寄来杏、牡丹、洋槐、沙棘等树种，待种下去，便是另一处江南的《阳坡泉下》。

牡丹真国色。我朱家山小学校园中央的小花园里就有芍药和牡丹，尤其牡丹开花时节，乃一年最蓬勃向上的日子，有我成长的喜悦，故有两幅不合规则的打油对联奉上，喜不自胜："舟行溪上，人归田下；舟行溪尽处，烟飘晴空里。"

美了不到半年，那日看到朋友圈有文刷屏，原来是莫干山上一处民宿名"溪上"。

直接晕死，又废好名一个。

再想，那日思考人生，又著《四十不惑》文，直觉人生该止则止，该行则行，行至溪上，便是该止处。取名"止溪"若何？

或言南人不懂翘舌，"止溪"写来好看，只怕读来成"子溪"。

那也不错，我儿名"子西"，读成"子西家"，若向当地村民问路，也不会误了。甚好，甚好，便是止溪了。至于那竹林里，仍叫"竹间"。蒋卓见先生设计了三条道可达竹间，亦是曲径通幽，不逊大观园。

至于上面提到的那些好名字，你们拿去用着，不谢。

此外，我要在院里种植高大的香椿、银杏，围成以格桑花、桑杏等命名的小区块，想想都美到彻夜难眠。

托人请了书法家童亚辉先生书"止溪"二字，勒石门边。又请书画名家王迎春先生书"止溪"二字，用作书名；并请老新闻工作者朱国才先生书"止溪家民宿"五字，作匾。

附：民宿命名流派

因为在乡下盖房，乡村旅游专家、联众集团的老总余学兵拉我去参加了一个有关民宿的论坛。闲下来学习各家门派的命名，发现也有一些规矩在里面，便将知名民宿的名称进行了一番梳理，归纳如下：

小儿抛石止水。

乡愁派："思·想家"。听这名字，就泛着淡淡的乡愁。这家在枸杞岛上的民宿有着浪漫的地中海风格和朴实无华的小岛渔家风情。男主人说，她的女儿叫思思，常年出门在外，她想家了，所以就取了这个名字。

特定人群怀旧派："老杭大"。"老杭大"的老板，就是几个当年老杭大的毕业生。民宿的诞生，就源于他们的校园情结。在那里，有老杭大史料展示，还有老杭大人口述史馆，让怀想有了一方乡土。

梦幻派：要说梦幻派，莫干山的各式"洋家乐"绝对算得上个中翘楚。名气最大的，还得是"裸心谷"。隐匿于莫干山脚下的山谷中，静谧的环境、古朴的建筑、完备的配套设施，颇有点遗世而独立的味道。

乡土野趣派：在桐庐，有一个野趣山居型的民宿样本，一个名叫"石舍香樟"的乡村部落。几年前，设计师买下了石舍的两栋老房子，又租了剩余的几间，将这个小村落改造成一个营地式的乡村民宿。每个营地均依据地形风貌设计。如千年大樟树旁造了一间树屋，作为接待处，还开了个休闲吧；"核桃树营地"，名字就来源于那棵穿堂而过的核桃树。

逃逸派：厌倦俗事，归隐山林，换一种生活方式来寻求自我的回归。原在京沪大都市的报界高人李列在桐庐开发的"野渡"，当属这种类别。

江南山水派：白墙黛瓦保留了江南传统建筑的简朴风格，小而雅致的客房、园林、书房、茶室，宽敞的露台，这就是"水墨蓉庄"设计的灵感。待到梅花盛开，这里将完全沉浸在梅海中，满是小家闺秀的江南气息。这属于东方美学的范畴，如隐居类。

爱好派：如"后坞生活"之类，体验手作。

当然，最新的流派叫"止溪"，是人生态度派！

阳 光 照 在 15 度 上

　　我不信风水，但信风光。一位朋友却说："觉得你挺怪的，对风水这么在意，对有些东西又完全抵触。听你讲造屋记，全是在找地方看风水。"

　　其实不然，每个地块都有自然走势，与溪流、阳光和谐相处，才是好地方。比如庭院设计时，这个地块有自然形成的三个台基，我便要求设计师保留原始自然地势，不要削峰填谷，而是就地势进行设计。

　　门前的溪流与地块方向形成很小的夹角，并不平行，这给屋基的方位确定带来了很大麻烦。一般来说，房子总是朝南偏东一点才好。但如果真是这样定基，意味着房子与溪流的方向更加扭曲。

　　我和家长是认真的人，那就尽量调整方位，不要扭曲。但岳父很在意这事，觉得首先应该请教风水先生，其次要请他们来放样，否则，"你们年轻人"太过草率。

对风水师，我有些保留。因为我父亲年轻时曾干过这行，虽然学艺不精，但对内情是知晓的。那年，父亲贩驴，又饿又渴，踅进一户人家，家里是位老太太。看了看，父亲心里便明白一二，对那老太太说："你家里有煞气，应该是西北角的厨房里，得罪了灶神，家里不得安宁。"

那老太太听了大惊，直问何解，因为她家儿媳妇正在生病，上一位阴阳先生排摸了一下，也说是这个原因。

父亲便坐下来。那老太太好吃好喝地招待，还端上了油饼，请他务必帮忙镇压煞气。要知道在那个年代，馒头或白面饼已经是很奢侈的干粮，若给油饼，除非是娘家上门走亲。

吃饱喝足，父亲又去贩他的牲口。但他没有失信，次日便请上他的师父一并到那老太太家里做法驱魔。不过几日，那媳妇便下床了。

父亲只知道这病肯定不是他治好的，但病人怎么好的，他并不明白。我告诉他，根据医学基本原理，只要是不致命的内病，能扛上一个月左右，人体有自愈功能，与你吃药、做法都无甚干系。有些人吃了一个月中药就好了，说是神药，其实你不吃，一个月也能好了。

且说，岳父总是对我们确定的方位保留意见。为了让他老人家安心，我特地请教了一位设计师。原来，在杭州地区，房屋朝南偏西 15 度，无论采光还是通风，都是最好的。

　　这个事情一汇报，岳父认为，应该是偏西一分好。我一算，他说的一分，可能正好就是我说的 15 度，且地形与溪流方向的冲突也柔和了许多，这便妥了。当日我便拿着手机，与家长两人吭哧吭哧放样半天，让包工头就按放样的边线施工。

　　灌注地基那日，岳父又不放心地让包工头重新测了一下，果然分毫不差。包工头说："你女婿是搞文字的，笔头很厉害的。"岳父说："他会写东西，可不会看风水，还不会算账，什么数字都不懂。"

　　老头儿教训得是。他有时说多了，我说这些我知道。他说："你知道你知道，你不知道！"对于我这般没耐心的女婿，估计老头儿也是快耗不住了。

　　我要将溪流引入院子，最不影响房子基建、有利于景观营造的，自然是让它从房子西边自南北而出。但岳父认为，东边聚财，西边走水不利，此事，我们且装作没听明白，先不理会。

　　只是房子的大门开在哪边，颇费了不少口舌。

　　房子东边是茶园，厨房的位置选在房子的东南方向，从房子的东边出来，穿过茶园，便到厨房。如此，房子的厅在东边，大门自然开在东边。

　　岳父质问谁家的房子大门是朝东开的，这样的话无论从风水还是从美观角度看，都不合适。

我们也与设计师多次沟通，最终还是确认，从房间实用的角度、美观的角度，只能朝东开。至于开在正南正中位置，那是一般房子的做法，于这个已经与众不同的建筑而言，这条殊难做到。

因了此事，岳父一直耿耿于怀，左看右看，哪怕房子已经建到二层，他还在设想大门从正南正中开的可能性。

厨房的位置，岳父认为应该是在房子的东北方向，而现在那里是下水道的位置。有段时间，岳父愣是在厨房位置种了金桂树和花草，我还暗忖是不是为了逼迫我们把厨房盖在东北角，故意把厨房位置围成"生态保护区"。

那天，岳父见拗不过我们，便向前来帮忙的父亲寻求帮助，是否动员我们将厨房位置和引溪入院的沟渠位置改变一下。我父亲以不懂为由，拒绝掺和这事。我们都知道岳父在想什么，但说服不了他，他也说服不了我们。

就算是再亲密的一家人，在某件事上，也只能做出取舍了。岳父不快，只怕是要委屈他了。

其实呢，我们对风水是有自己看法的。传统风水中，有合理的成分，我们自然要学习、使用，但也不必照搬照用，毕竟现代人有自己翻天覆地的梦想和做法，往日的经验并非全然靠谱。

但这些话不能对长辈讲。他们会觉得亵渎神灵，或者是年轻人的妄言，越发气不打一处来。说出来伤人或者冲撞，莫若装作不知，不说不应，时间自如溪水日夜东流。

后来，为了照顾老人家情绪，特意在车辆入口两旁种了几棵金桂树。老人看了说，嗯，这个地方可以，种了好。

前溪后渠，院中有浅滩聚气，方是灵动的建筑。

至于光，就在偏西 15 度上。

对 自 然 的 承 诺

　　如今的农村家院，土豪点的多用石材，家境一般的就用水泥铺地，整个庭院，干净整洁，却寸草不生，毫无生气。

　　这种功能和审美上的追求，可能与过去的物质匮乏有关，但也与庭院审美文化传统的断裂有关。

　　在电视剧《琅琊榜》中，梅长苏要扳倒户部尚书，便决定买下一座原主为"天上人间"老板的宅第。在他看宅过程中，一位公子哥的佩玉掉入一口枯井，从而翻出了一起惊天巨案，令户部尚书应声而倒。

　　宅子的荒疏和枯井两项物事，与传统宅院的措置有关。古人选宅，一定考虑到天、地、人三者之间的关系，比如水路如何通畅，植物如何向阳、生长，卧室如何背风向阳，都有周详考虑。绝不似今人建宅，地面一水的封闭，令地气不得升腾，物事不生；雨水不得入地，便在地面积蓄、横流；人居其间，跳脚无落处。

我老家甘肃东南部，虽说雨水不及江南多，但也对排水甚是看重。一座庭院，每到春节跪拜各种神祇，除了门神，就是水眼神，可见水路的重要性。若水路不畅，则夯墙不经一泡，房屋轰然倒塌。

现代建筑样式及用材，使得庭院排水几乎不成问题，但制造了两个新问题：一是城市公共场所的排水都经过管道，终是不堪重负，城市内涝成为通病；二是，一层水泥板阻断了天地之气上下浮沉，生灵不再。如今又在造"海绵城市"的概念，而农村总是晚一拍，正在走城市当年经历的老路，将来还是要付出代价的。

在我国古代，壮美的皇宫，也有西花厅这样充满生机的处所，那些广场和主要宫殿前的空地之所以无一草一木，无非出于安保或者制造心理震慑需要。据说，一些觐见皇帝的低阶官僚，穿过这样的广场和通道，一进接一进，所见皆是冰冷石材，长久不见活物，最终未见到皇上而人已吓瘫。

现代城市发展走过的弯路，欧美国家也曾走过。有一个严谨的德国人的案例：1960 至 1970 年，德国农村也像今日我国的某些新农村建设那样，以城市的模型为样板，最终，水泥铺面、道路拓宽、金属线围篱或混凝土墙等也开始在乡村出现。

北莱茵西伐利亚邦欧豪村居民对此进行了反思：自己的住家环境，该如何做才能兼具生态和现代化？

自 1990 年起，欧豪村的生态改造主要包括三项：停车场去除柏油，以植草的地面、透水砖或自然石取而代之，而且车道的缝隙扩大，主要作用是增加透水性；缩窄道路，两侧辟绿带，以吸收地表径流；大量植栽，绿化景观。

1993 年，欧豪村赢得德国联邦农村更新金奖；1996 年，欧豪村被欧盟评选为"欧洲生态示范村"：可见外界对其改造成果的认可。

改造前，欧豪村使用的是地下排水系统，混合雨水和家庭废水一并排放至污水处理厂。如此一来，可以循环回收的雨水就浪费掉了。重现土壤、植物和碎石，等于设置天然的集水和导水系统，比起混凝土排水沟，更能活化资源及涵养地下水源。道路两旁辟绿带，吸收的水分又回流成地下水再利用，从家家户户的水龙头里流出来。

就连路旁的典型干砌石墙也具透水性，石缝也可作为小型生物的栖地；原本由金属线缠绕做成的围篱，如今都加种灌木。

另外，在屋顶上，人们铺设了太阳能板，它们制造电力，并与德国市电并联，成为清洁能源的一分子。

而在之前的所谓"现代化"过程中，人们出于对卫生整洁的需求，大量铺设柏油和水泥。因为如果有树，树叶掉在地上，就会弄脏街道，而且还要清扫。

上帝说要有光，于是便有了光；玉皇大帝说要有风雨雷电，便有了自然；人说要有天地灵气，便有了上天下地的自然。

2016 年，浙江省小学一年级语文第一课是认识"天、地、人"三字。女儿问我何谓天、地、人。我道，这是构成以人类为中心的宇宙的三样要素。人处其间，是通灵者。若无人，则天地混沌，或天地绝；若人破坏天地关系，则会被天地双重碾压，灾祸不断，终至灭绝，就如地球上曾经的王者恐龙那样。

女儿半懂不懂，我想，不少人怕也这样。

如今，我们重又打通天地。我说，这幢房子能够尽量不打扰到原有的生态林木，就是一大福德。这里原有的竹林、茶园，尽皆保留；房子建成后，屋前的空地，不能硬化，一部分垫高，种植茶树，令房子处于茶园的包围之中；前部分保持原有低矮地貌，种植树木和草地，并引溪水入院，活水流过，且不硬化渠底，令整个院子永远蒸腾着生机。

家长担心溪水会影响房子的地下室防水设施，我觉得这个风险当然是有的。但我们既然尊重原有的生态系统，而这里原本是水田，那么给地下继续补充水分当是我们的郑重承诺，不可轻废。

在建造过程中，我还让父亲注意收集无法降解的塑料垃圾，不能往地下埋；同时，也尽量将一些建筑垃圾集中到一处堆放，不要整个院子的地下土壤里这里一堆垃圾、那里一堆垃圾。哪怕我们死后，我们的后人挖掘庭院，至少也可以保证绝大部分的土壤是干净的，只有集中一小块的土壤可能是被污染过的。

　　至于竹林和树木中的落叶之类，多少生灵赖它们为生，为何要为了眼前干净，让其他生灵不得安生呢？

　　人类本是高尚的生灵，对环境当有敬畏心，要让天地更美好而不是相反；我们定要谨守本分，人并不能主宰自然，只能顺应天地；不得已要做出改造，民不可粗暴阻隔天地之气，而应以畅通为要，正如每个房子，都能吸收到大面积的阳光、呼吸到干净的空气那样。

　　你可能看不出来，屋前平展的一块草坪下，既有打通前后院的暗水管，又有鹅卵石堆积的沟渠，用于自然排水。万物均保持其本来的样子。

老香樟树继续发着新芽。

溪中池

　　2016年夏天，酷热。虽然乡下比城里凉快，但来帮忙的父亲也是撑不住了，整天热得什么似的。还好，新建的房子虽然没有安装齐全，但遮挡太阳没有问题。且还有地下室，待在工地，也并不怎么热。

　　2013年的这个时候，我和家长及另外两人，也是热得待不住，直奔泉下老家和青海，在青海湖边披着皮袄冻得发抖。

　　适杭州承办G20峰会，为了保证绝对安全，整条溪流都不准游泳。

　　说来也是，溪坑上游不到三公里处就是四岭水库，每次放水或泄洪前，都要用警报声通知好长时间。但在些许年之前，放水前并无警报，一位在溪里捞野虾的村民正在拉虾笼时，被大水冲走，成了冤魂。虽然现在有警报，但为了保证绝对安全，一定的措施在他们看来也是适当的。

四岭水库是一个中型水库，不算很大，来看的人都觉得没有震撼感。但在 2016 年的一次检测中，这里的水质是杭州范围内最好的，这便又是一说法。

虽然禁止下水游泳，但这个夏天，沿溪只要有堤坝围拦的地方，就成了天然游泳池。我们每次去工地都会经过一座小桥，桥头经常停满了车，桥下坝里全是男女老幼。看车牌，有些是湖州的，应该是山那边安吉来的。

有一次我们在上游一点的仕村桥头坝里游泳，却听见有人叫"姐夫"，一看，原来是表妹和表妹夫也在这里游泳。他们家在20 公里外的老余杭镇，离城更近，也专程开车到这里来戏水。

可以说，在杭州城西，没有比双溪这里更好的水质和自然环境了。

以前，大家都是跑到双溪漂流景区里面去游，那里有一片安静的水域，且有沙滩和烧烤。但今年不知怎么了，大家都往上游跑。可能是仕村桥头这里清理过河道，加上建了小公园，风景更胜。

有关泳池，也是前前后后琢磨了好久，至今没个定论。家长酷爱游泳，哪怕大肚子的时候，也是一直游到小孩出生为止。用她的话说，所有疲累，一进泳池就一扫而空。我一直对这种绝对化的言行表示怀疑，但从不怀疑这种心情。

如果在自家院子里修一座泳池，代价可能跟建一座房子差不多。尤其是，要恒温。恒温啊，还要换水。那日我说，若是嫁了大豪门，家长这要求或许可以实现，但嫁了我，只怕想想都是罪过。

有几种变通方案可供选择：一是在院内溪流中设置一些弯道，方便小鱼小虾生活；二是在出水管道附近挖个鱼塘（这个方案岳父最支持，在他看来，是否有经济价值才是判断苗木价格的依据，水也一样，能养鱼的水才是有价值的水）；三是在出水口附近建个泳池。

现在看来，第二种方案最为可行。因为那个位置挖沙后形成了一个坑，现在径山区域在搞大建设，根本没有好的沙土用来填。好多坑都用建筑垃圾填垫，但我觉得这种土方会污染环境，宁可不要，于是就这样一直拖着没填。若做成鱼塘，也不失为一种方案。

　　至于泳池，终究还是两位女生想好了：在厨房南侧的临溪一侧挖个泳池。恒温肯定是不可能了，但夏天的时候足够玩水。此水与溪水相通，自上游引入，而下游排出，途经鱼塘，三水合一，又是一个三溪口。若作景观用，也是极好的。

沿溪曾泳池。

止溪第一夜

　　乙未年的冬天来得真是让人郁闷，下了一个月的雨，要是搁在往年，这房子已经盖得差不多了。可我要挖地下室，路也不能走，土渣运不出去；水太大，很快就淹过了场基。挖掘机来两天垫垫路，干不了，又开走。

　　有关地下室的建造，颇费周章。对于城里人来说，好不容易有了块地，自然要大加利用，建地下室是再自然不过的选择。

　　但乡下有的是地，建一个地下室的成本，能盖地上三层楼，若再考虑到临近溪边，防水决计是一个大问题，家人几乎都反对。在当地，本地人盖房，都不要地下室；外地人来盖，全部要有地下室。

　　要地下室干什么用呢？家长说，住在里面，夏天可避暑。

马上被否决，因为地下室肯定很潮湿。便请教了做工程的朋友，他说现在技术上无问题，只要施工质量有保证，就没关系。于是坚定了建地下室的决心。

又有人说，建个地下室停车也蛮好的。我说，花这么大代价，建个比车还贵的库，有意思？若实在用不上，我就摆张16米长的桌子，开会！放电影！

既然年轻人坚持，老辈也不再反对。于是调了这边的地质资料，查看地震、地下室、流沙等等，均无问题。施工时按设计深度却挖到了富水层，简直是汪洋一片，赶紧买了水泵来抽。

几日下来，发现这样不行。白天有人盯着自然无事，一到晚上，怕水抽干了烧坏水泵，只能断电。早起一看，整个工地就是一个大水塘，地面泡得蓬松，根本无法施工。

再过几日，整个工地已经成了泥塘，这样下去不行，得想个办法。后来，家长和岳父提议，要么房屋整体垫高，地下室不用挖这么深，地基高于富水层，也许会好些。

果然还是本地土著有经验，请设计师到现场一看，说要么干脆垫高算了。把剩下未挖的一半场地，削掉一半，垫在已挖好的这边，铺平，这样地势整个偏高，也有利于房子的视野和排水。

问题就这样迎刃而解，才有后面的开工。

开工前两日，必须保持场地干爽，无法，只好昼夜盯在旁边。

车停在工地边，捂着被子睡一个小时，又把水泵关掉。半小时后又打开，如是反复折腾到早上6点多，岳父大人突然重敲车窗玻璃，原来是替换我回家睡觉，他来值守。

那一夜，月光亮得不用手电筒。穿竹林，看水中倒影，听溪水潺潺，俱是新鲜体验。想我当年在西北荒地上走夜路，也是这般模样，也是这样的寂静无声，只有月亮做伴。

举首望月，却是朦胧一片。西北有高粱，可与天人语，月亮上的兔子、桂树，清晰可见。江南的月亮，则像湖上迷蒙，神秘而柔软。

上车睡觉、下车打水，要经过邻居家的小竹林，脚还崴了一下，恰是以前骨折的那只，还好没有伤上加伤，否则真是残疾了。

包工头是江西人，和弟弟都在这一带农村包工。对于地下室的施工经验，他的确不足。除了一个"杭州佬"买了一个别人的宅基地在这里盖房，也挖了地下室，其他的房子，都是没有地下室的。

对于建地下室，一年之后，还有不同意见，我也只能装作听不见，反正我已经做成了，他人说也没用。只是地下室的用途，我已经想得很美。先是一个影视厅、一个酒窖、一个东西打通的长条会议桌兼书画创作桌，再加一个小健身房。

我从网上买了圆头的锹。岳父大人说："这里要用镢头或方头铲，你们北方人不懂。"

还好，反正我用得顺手。后来施工的时候，搅拌机等工具的内部清理，这把锹也发挥了很大的作用。看来北方人的东西未必一定不好用。

但镢头确实很好。有石子混杂的泥土，确实只有把石子先钩出来才能铲得动。

岳父是个有着严重的完美主义的男人，做事极讲究细节，只要有一点点的不完美，他就要焦虑得整夜整夜地睡不着觉。

的确让他老人家不放心，我有些做法，事后看来，欠妥。

具体而言，大罪有两宗。一是在院子前面铺设一条运输通道。如果是在西北黄土高原上，土质很硬，挖出窑洞来都不会坍塌，所以铺路没问题。而南边的土壤过于松软，根本不能用来铺路，而我一开始用田里浅层土铺路，导致不停地返工修路。这也严重影响了岳父对我工作能力的信心。

二是，严格按照图纸施工，缺乏变通，导致地下室挖了再铺，多了一天的工，也致地基不甚牢固，只得不断加固。

而岳父过于专注于细节，凭借经验，同样不懂变通。总之，毛脚女婿碰上完美主义岳父，这下算是麻烦了。

本来，他见我是"高级知识分子"，还蛮尊重我，凡事听我的。经过这些事，他看穿了我的真面目，觉得我什么都不懂，也就懒得跟我理论。

每次施工，我们外行人都躲得远远的，唯岳父会上前跟工人一起干活儿。我们劝过多次，他眼睛、耳朵都不好，又兼毕竟不是内行，万一出事，就麻烦了。他不听，果然一次钢筋戳到额头，缝了针，一次险些被车撞倒。

这些争执更影响了岳父的身体健康。他本来就是一个因一点小事就会焦虑得整夜失眠的人，经过这些波折，他因头痛进了医院。

他有严重的高血压，但饮食极不注意：抽烟，每饭必老酒喝喝、盐多得根本无法下咽。

我到了这个家后，岳母照顾我，根据我的口味调整了饮食，尤其是食盐的用量，下降了七成不止，引得岳父大为不满。

我们都劝他，高血压首忌盐。他总会反驳："你不懂，每个人的体质都不一样，我的体质就是要多盐，没有盐，身体就会无力！"至于烟酒，我本来就没抱多大希望，也就干脆不劝。

这次岳父住院，我们都有点慌神。医生才不要听他那套什么体质本来需要多盐之类的话，直接告诉他，如果再大量食用盐，只怕要出大状况。但这也没有用。直到后来岳父眼睛出问题，医生说再喝酒抽烟要死人的，他这才止住了。家长说，这么大年纪了，这点爱好都要禁掉，他连活的意义都没有了。

你还别说，人是真怕病痛的，这两次住院下来，岳父的烟、酒、盐旧习，全戒了！

那日天清气朗，见天上星光闪耀，未带三脚架，相机持不稳，便拍出这么一条光带。

冬日早晨的工地，雾气腾腾。

紫糖色的男人

在双溪乡间，每有电瓶车或摩托车风驰电掣而过，总让人想起台湾东海岸。那里，太平洋的海风有点凛冽，所有人都跟西北黄土高原上的汉子一样，一张紫糖色的面庞。

也很奇怪，越是临近东南亚的地方，街巷越小，摩托车越多。记得台湾的女作家张欣宜给我讲过她的恋爱故事就与海边和摩托车有关。

那时，台北的文艺女青年张欣宜还年轻，有个师兄，在网络上与她说话日久，约好了在金门老家见面。

见面那日是个傍晚，太阳照得沙滩发烫，摩托车在林间小道穿行，身后的海边尘沙腾起。

欣宜在后面紧紧抱着师兄的腰，生怕摔下去。她用脸蛋感受着前面那个男人背部的力量和温暖，心跳得跟兔子一样。

俩老头儿被我征作民夫营造庭院。

　　海边的孩子，被海风吹着，脸蛋不黑也紫；海面日日反射阳光，晒得皮都糙起来。不过，也奇怪，赤道边的黑人，却有着绸缎一般的皮肤，这是家长讲给我听的。

　　欣宜的故事没有多久就结束了。那摩托车到了目的地，后面却再也没有了音讯。欣宜在杭州的一家餐厅说起此事时，在座的几位文艺青年听得如痴如醉，我却怎么也醉不起来。我只记得海边的风沙。在海南陆陆续续生活了一年多，海边发烫的沙子和毒辣的日头始终是可怖的事。

　　盖房的这段时间里，才早起两天，我的这张小白脸——也许本来并不白，但一直以白面书生假斯文自居——一下子变成了紫糖色。等红灯的当儿，后视镜里一看，哇，好一个汉子。

我明明知道，将后视镜当镜子是严格禁止的行为。而犯这种错的，基本上都是臭美的女士吧。

不仅只是我在乡下恢复了本来面目，我那两岁的儿子也差不多。太阳晒得紫糖的脸，用他妈妈的话说，是健康的小麦色皮肤。那也罢了，关键是，他比三岁的小孩跑得还疯。那日进城，小区里同龄的小孩根本不是他的伴了。

我光着上身、卷着裤腿扛着镢头哼着小曲，走在乡间小道上。那日有人说，这样太不斯文，村里人看了要笑话的。我道，且住，我们在乡下都是夹起尾巴做人，谁也不敢得罪。别人不把我们当成什么货色，我们何必拘束自己？

虽然话是这样讲，见官的时候，还是要衬衣长裤穿起来，毕竟，这是对别人的一份尊重。只是回到田里，不想再扮作小白脸。

抢 树 记

余杭区大搞大径山建设，原先道路两旁的苗木基地被征作花海大道用地，漂亮的樱花大道纵贯漕雅线。

苗木基地被征用后，政府已经补偿了基地老板，那些现存的苗木就得尽快移栽或者砍掉。

听闻这个消息，我们马上与基地老板联系，以极低的价格获得随意挖的机会，全家人齐上阵，抢得桂花树二十来棵、紫薇六十棵，大喜而归。

唯一不满的是，我们以为苗木当然是越大越好，可我们不懂行。大的苗木挖不动也运不动，就算弄到自家地里，也栽不起来，只能作罢。看着那些大树被电锯嗡嗡嗡锯掉，心中疼痛万分。

园子本是一半竹林一半田，但我觉得周边都是竹林，园子里种些树木方显生气，否则千篇一律，也是无趣。因此一直催着岳父，

紫薇抢挖得最多。

能弄到多少树苗就弄多少，只会少，不会多。

没得选之前，岳父这里买一棵那里买一棵，已经种了一些。看到这么多好挖的，岳父的标准马上提高：这棵树形不好，那棵长势不好，这棵我们已有，就算了。

人啊，就是这样，挑食一定是因为不饿。

边挖边栽，请了挖掘机在园子里帮忙。因为太忙，也因为岳父常称"我们四岭，没有台风、地震、洪灾和旱灾，哪里不养人，上竹山都能养人"，故而，树都没有搭支架，就那么昂然挺立在那里。

结果，几日之后，一场台风，刮得整个世界东倒西歪。园子里那些稍大一点的树被连根拔起，小点的树倒还好些，只是有些都被埋掉了。

台风走了之后，赶去一看，其状之惨不忍描述，只能一株株重新扶起、栽好。经此一折腾，果然有一两株不治而亡。当然，也有可能是因为我父亲疏于浇水而干死的。

　　现在的园子里有竹、桑、桂、紫薇、玉兰、香椿、柳、香樟等植株，说起来也丰富了，但总感觉缺乏一点东西。

　　半年过去，园子里已经长得如老花园一般，美不胜收，该有的虫子和花蝴蝶也都有了。待到秋天，邻居家价值十几万元的金桂开出金灿灿的花朵，家长带着儿子和邻家小儿采了半日桂花，要做桂花糕之类。发了朋友圈，引来一片艳羡，当然是讨要的多。

　　晒了一下午，到了晚间，家长怕露水濡湿了，准备移到屋内，却见花朵枯萎，轻飘飘，若有若无，原先以为一大堆，晒干了只有一掬。家长擎在手上，叫苦连天："这可拿什么向众人发放？"

　　却说后来一日，蒋卓见突发奇想，让去砍两棵直径20厘米的树来，要带枝丫的，做室内装饰之用。

　　我与家长从山上野树林里砍了一棵来。老蒋一见，说明显太细，但树形很好，做成栏杆应该很漂亮。

　　但就是挖这么细的，我们两个已经累得不行，要直径更大的，只能请岳父出面了。

　　那日翁婿两人到得野树林，伐木两棵，却运不下来，只好留待次日请工人师傅一起来扛。却道岳父次日闪了腰，疼了好久，心疼得家长直叫"要死的咧！"

寻闸记

引水入园，入口自然得设一闸门，否则大水漫灌，园子就成泽国了。

时下最常见的水闸当然是水泥砌成的，使用最为方便。但自那日在一朋友处看到一套旧石闸，便念念不忘。

遣人问话，却道已被别人买走，便不能夺爱，只得另寻他路。

此物只应渠上有，自然得是灌区且有石头的地方才有，比如河南无石，可能就没有。老家渭河流域倒有石头，但不能确定有石闸。

县城里工作退休的姑姑听说此事，主动请缨，要帮我寻求。若是从渭水流域得一石闸，那是何等贵重。

那日读《新京报》发表的一篇旧文，道，中国的汉人，根据基因序列检测，其实并非多种族融合，而是血统非常单一。这支人，从东非出来，一路自云南进入中土，这批汉藏语系的祖先也被后人称为先羌，他们也就是汉族与藏族人的共同祖先。他们在河套等黄河上游地区定居，最终一支去了藏区，一支在渭河流域崛起，代表便是秦人。另一路自珠江流域进入东亚大陆，形成了百越民族。因那更早时期，地球经历了冰川，全球各地的早期智人并未能发育成现代人，便被气候灭绝了。后来东非智人占领了全世界，才有了今天地球人的模样。

等了许久时间，得到了姑姑的答复：渭河流域并未找到石闸。

浙江水乡，沟渠密布，当有不少。一打听，却是自有水泥以来，更加密实的水泥灌注的水闸早已取代了石闸，若有，也是大型水闸，院子里哪放得下？

有衢州的朋友说，我告诉尺寸，他给我打一只新的来。我道，若没有时间在上面积淀，何来趣味？

那日，与某县一朋友诉苦说起，朋友说，某渠上有一石闸损坏，正思换掉，若真当废物换下来，我若喜欢，便运走。

说到石器，看许多人家有石磨，我便想要一个。但南方磨盘太小，看着不解气。西北老家的老磨须老驴才能推动，南方的石磨小姑娘都能推。

在我儿时，外婆和我经常两个人合力才能推得动那大磨。或者绑一头驴，将其眼睛用红布蒙上，令其转圈推动，可推一整夜，主人只须起夜时加料即可。

读书时，若有女同学臀部宽大，便称作磨盘，言其大不可手量。人到南方，姑娘们个个窄臀小腰，连真正的石磨也是轻薄无比，看似单臂即可提起。这南北差异，仅磨盘即可分辨。

老家还有一废弃磨盘在，若能运来，必能惊南人一大跳。

折腾了大半年时间，其间还过了个春节，惊动了浙江、甘肃两省若干人等，终是一无所获。最后竟是找了某地一家石材厂，请其按照我的图纸做了一张。

施工到后来，发现入水处设石闸过于张扬，只好悄悄砌了个水眼，待入到院中，将这闸门装在游泳池出水口，以调节游泳池水位，也算是派上了用场。

保卫桑茶

　　楼东原是一户人家的茶园，为了原汁原味地保留它，使之成为一出门就看到的原生态茶园，我们可是煞费苦心，尺寸、角度量了一遍又一遍，终于测出了一个最佳角度，既不影响建造，又能最大限度地保留茶园。

　　但岳父说，这茶的品种一般，未必要保留。我说，他这是从经济价值的角度看，我看倒未必。这茶必是有些年头，我们不需要卖茶，要的是给大家一个有时间积淀的茶园，这个东西，钱买不来，只能靠时间日复一日去沉淀。

　　听了这话，岳父觉得也有道理。在他的务农生涯中，茶叶价格上涨就砍竹种茶，毛竹价格上涨就砍茶种竹，人生就是跷跷板，竹和茶园也一样。

　　看来看去，2016 年春天，岳父琢磨出一个办法来：将一人高的茶树通通砍至十来厘米高，砍下来的茶枝，罩在树桩上遮阴。

不料，岳父在工地上受了点轻伤，在医院里住了一段时间。而朱家父亲又不懂这里的作物规矩，一直不去浇水，待岳父出院时，已经有些树干死在园子里了。不只是茶树，刚刚移栽来的红花檵木之类也干死了。

那段时间，茶园丑到不能见人——上面罩着烂枝，下面是断枝残桩，惨不忍睹。家长说这是美好生活的必经阶段，我却觉得没必要为了长得更好，惨兮兮地弄成这样。

不过，还好，待到 9 月份，败叶已经落在地上成了肥料，残桩新发的芽已经冒出来，残桩几已看不出，一派欣欣向荣。坐在二楼观茶园，只道是来年更胜。

茶园边上是一排香樟树，全部原样保留。只是，现在它们挨得太紧，影响生长，需要挪个位置移栽。家长却说，这树也不贵，有甚意思花这精力？

其实不然，卖木头自然不值钱，但作为这么高大的绿植，那就是另一回事了。人一旦富裕，就一定会不珍惜财富。原先园子里没有一棵像样的树，她就觉得这些香樟多么值钱。等到树多了，她就开始不珍惜，看这棵不顺眼、那棵品相不好。

其实，只要把过密的几株移走便可，在竹林和茶园之间有一排香樟树，也是美不胜收。中国建筑讲究空间分隔，不喜欢一览无余，这排香樟，恰恰就是一个自然隔离带。

父亲也好学，终于搞明白，南方一星期不下雨，就得给树木浇水——这和北方完全不同。南方水多，但是天热，蒸发量也大，所以树木容易干枯；北方水少，但是天凉，蒸发量也小，所以哪怕有一年时间树木因为干旱缺水而不发芽，第二年还是活着的。

有几株树就这样活活渴死了。岳父看了之后，断定已然死掉，就要挖出来扔了；父亲反对，依经验说应该可以活。

结果，两株干枯的金桂，一株救活，另一株死掉，两个老头儿都没有赢。

溪边有一高大的桑葚，父亲看我们喜欢桑葚，便砍了些树枝盘在地里，不多时日，那桑苗真的发出来了。看着它们长势喜人，过了段时间，也是相继死去。我估摸着，要么是干死，要么是种植方法不当。终归是，我们还需要几株桑树。

却说有一日，同事们颇觉工作不顺，便邀来共食桑葚。一位女同事形容"前一晚，心情如同小学生春游一般，隐隐激动"，并向其母汇报："明天采桑葚去。"

其母笑了一声："现在这东西倒成稀奇货了，大家抢着去采。我们小时候可是吃得要多少有多少哦！"

确实没错，据说她老人家小时候所在的村子以养蚕闻名，遂曰蚕桑村，也不管它叫"桑葚"，她都唤"桑果子"。

虽说不稀奇，她母亲还是说，她已经好多年没看到桑树、吃过桑果子了，嘱托女儿给带些回去。

可惜，到了溪边，只见桑果已经处于末季。那树被众人采过，靠近堤坝的那半边，几乎已成秃枝。桑葚也不如想象的多，它们在绿叶间零星分布，要寻好久，才能寻到缀着几粒的一枝。

不过，靠溪水那一边倒剩余了一些。我搬来梯子，爬树上去采摘。另一位男士在下面扶梯，看得一众姑娘心惊肉跳。

饶是如是，她们还是先晒到朋友圈。

直说这径山茶卖得比西湖龙井要贵，茶品自然上乘。有关禅茶、人品的说法，径山茶亦其来有自。

话说宋时径山茶宴由法师亲自主持。杭州太守苏东坡久慕径山大名，一日来游径山寺。方丈见其衣着平常，以为只是寻常香客，不以为意，只淡淡说："坐。"又转身对小和尚喊："茶。"小和尚于是端上一杯普通的茶。稍事寒暄后，方丈感觉来人谈吐不俗，气度非凡，便改口"请坐"，并喊小和尚"敬茶"。经过一番深谈，方丈得知来者乃大诗人苏东坡时，情不自禁地说："请上坐。"接着又喊小和尚"敬香茶"，并研墨铺纸以求墨宝。东坡先生一思忖，提笔写了副对联。上联是"坐，请坐，请上坐"；下联是"茶，敬茶，敬香茶"。方丈看罢，满脸通红，羞愧难当。

在中国传统文化中，这故事对佛界素有不尊，却也不伤大雅。经不起批评的，一定是不自信的。对这样的故事，历代高僧似乎也无甚说法。

如今山顶有另一处古刹同安顶，满山几千亩，俱是茶园，是一家茶厂的。本地村民自家的小茶园已无力自采自卖，只能请人采了，再送到茶厂加工出售。

花园终于保住了！

有关茶，岳父自是有诗一首：

溪从库里来

　　双溪地名的由来，大抵总离不开三江口这个地理格局。两溪汇流夹角的东北方向，华东最大的度假基地红树林项目已经动工兴建；西北方向，就是上竹山村，有沿溪路直通到止溪，约一公里。

　　溪虽不大，却有名堂。

　　苕溪是太湖流域的重要支流，浙江八大水系之一。苕有东西二溪，其中东苕溪又名龙溪、仇溪，上源由南、中、北三个支流组成。其中，北苕溪又由百丈溪、鸬鸟溪、太平溪和双溪汇合而成，长46.5公里。鸬鸟溪为北苕溪主源，发源于安吉石门山，从鸬鸟后畈进入余杭境内，至白沙与百丈溪汇合进入黄湖镇，称黄湖溪，后到东山接纳青山溪、赐璧溪，及双溪竹山村与太平溪汇合后称北苕溪。

　　止溪门前这条皮筏艇漂流的溪流，便是太平溪。

若乘竹排漂流，导游会在两溪交汇处介绍说："大家不妨把手伸入溪水中感觉一下，来自莫干溪流（鸠鸟溪）的水水温高，而一边的天目溪流（太平溪）的水温明显低，水温相差约 4 至 5 摄氏度。"

太平溪再往上两公里多，就是四岭水库。

四岭水库是杭州城区最高的湖，系杭州城市饮用水源保护地，在 2016 年的检测中，其水质是杭州市自然水源中质量最好的。

在官方的介绍中，水库区域森林、山、水资源十分丰富，植物种类 1142 种，国家和省级保护动物 22 种，森林覆盖率达89.86%，且自然环境优美，是杭州城区最具生态活力、生物多样性和景观多样性的区域。

水库北靠老鹰山，东依白象山，西从横山，一道 84 米高、202 米长的主坝连接白象山和横山，另一道高约 80 米、长 101米的副坝横亘在老鹰和白象两山之间，集水面积 71 平方公里，库容 2854 万立方米，属中型水库。

但这是 1977 年二期工程扩建后的成就，1966 年 5 月一期工程建成时，库容仅为 850 万立方米。

为了建这座大坝，四岭村民付出了巨大代价。时至今日，因建水库，后房、千岱坑、仕村等村村民移民到现址，土地普遍少于周边村。

首次去水库，是一个夜里。黑漆漆的，家长带着我去散步。林木茂密，树叶在风中沙沙作响，昏暗的灯光完全不能照透暗处。我硬着头皮，陪她走上了百级台阶，爬到坝上，本以为豁然开朗，却也是水面乌黑，林木茂密。工房里总该有人，却也是大门紧锁，这让我越发紧张，几乎就是月黑风高夜啊。

后来去是大白天，就自在多了。尤其是家长的一帮好游泳的朋友，那日违规下水游了几下。一条小舟不知被谁系在水文柱上，被家长解下来，两人划舟至湖中，甚是惬意。

坝底轰鸣，是发电厂。若半月不雨，水库珍惜存水，下游溪水便会减少，于是被一条鹅卵石带隔开的溪流，漂流的那边有水，另一面就露出河床。

若是下雨水涨，则溪水直接涨到半堤，溪边林木皆被淹没，园里坑洼处皆是积水。待水势退去，又是一片生机盎然。

溪虽不大，但水势不小。双溪汇流后到达余杭镇平原地带，以前常有洪水泛滥，20世纪建成大堤后，才止住水患。以前觉得杭嘉湖平原水网密布，最是不怕洪水，后来才知道，平原地带水势过缓，排水不畅，平日还好，一遇猛水，自是排放不及，泛滥成灾。

溪中有小溪鱼之类，好吃得不得了。最近一年，家人又陆续在河里发现了虾米，可见周围生态确是越来越好了。

这溪流经止溪门口，便到了红树林度假酒店和双溪漂流景区，那里有竹排漂流。若从止溪再往上游一点点，就是皮筏艇漂流的起始站。那日有朋友来，安排漂流，大热天的，硬生生排队两个多小时才上了筏子。朋友抱怨说，这里好是好，但实在是不方便。若你家有客人想漂流，这样的排队时间是不可接受的。

他出主意说："莫若你自己买艘艇，或者向漂流公司租艘艇，从自家门口下水，这样可免去排队之苦，又不会影响漂流公司利益，何乐不为？"

想想好有道理啊。

借用宋代词人李清照避难于此的词："闻说双溪春尚好，也拟
泛轻舟。"人到双溪，若不漂流，岂不白走一趟？

四岭水库又名径山湖。同安顶上有块石壁，专作观湖景之用。

方腊与同安顶

家长一直在念同安顶，在我们踩点找地方时，也有人推荐同安顶，说得好像那里比径山寺还要神奇。

上去的路太窄，我看了看，就放弃了。家长开她的小车，一路像是拾级而上，攀得山顶，在各个山头之间来回跳跃。风光的确甚好，各个角度的景观尽收眼底。尤其是四岭水库，如自家后院。群山莽莽，绿荫连绵。千亩茶园，静卧冈上，好一派岭上风光。但细究之下，这地方却像缺了水的灵魂，若古代作战，此地不宜久守。

说到作战，此地还真有一个与宋江打过架的方腊在此学艺的故事，谓"同安顶上天门开，巨石凌空方腊来"。

此寺本是北宋时期所建，寺后遗有四尊佛像舍利塔，两尊属宋代，两尊属清代，如今已无旧迹。寺门前 100 米处有一高 30 米的巨大石壁，站在此处可鸟瞰四岭水库。

距寺不远，有一石门，名"同安天门"，为径山十景之一。此门由两块巨石组成，顶部夹着另一块巨石，千百年来巍然不动。

传说，方腊幼时随母从淳安逃荒，经新登、於潜、临安，一路讨饭来到四岭，只见家家户户的大门关着，午饭时辰已过，只有村尾一户人家的门开着。方腊母亲讨饭，屋里人却说："我也没吃过中饭，孩子他娘还没有回来，今天十月半，是同安寺菩萨生日，村里人都去给菩萨做生日去了。"

于是方腊母子也来到同安寺，吃到了一顿素饭。方丈看见饭后乱跑的方腊，一盘问，却是花子，便收留他母子二人，并收方腊为徒，日夜教授文武艺。

一日，方腊练完功，坐在寺前池塘的石头上，看母亲洗菜淘米。忽然间，他看见池塘水面上有千军万马正向他冲过来，说来也怪，方腊向东一挥手，千军万马就向东奔去；方腊向西一挥手，千军万马就向西奔去。方腊想，他已经有这么大的本领，该去外面闯一闯了。

方腊要求拜别方丈下山，方丈说："你把吃过的螺蛳壳放到放生池里，把吃饭用过的竹筷插在寺前山坡上，到来年春天看，要是它们都能活起来，你就可以出去了。"

冬天过去了，春天来了，方腊到放生池一看，只见没有屁股的螺蛳正在石头上爬着。方腊到寺前山坡上一看，只见上圆下方筷子形状的竹子已经一株株长在山坡上了。

方丈又讲："你若能用三块石头搭起一扇大石门，以后做事就有号召力。"方腊遵照师命，运气练功，将两块巨石牢牢竖起，在巨石间放置一块石头不让它掉下来，这成为方腊神力的见证。

如今，石门尚在，而寺庙毁于"文革"后，正在重建，那没有屁股的螺蛳也还在爬。当地人称：入得石门，是求身安心安；出此石门，是为天下苍生同安。

其实，方腊所为，只怕并非为天下苍生安。当年著名艺术家徽宗赵佶先生，喜好南方花木竹石，落实任务为花石纲。

而方腊本是淳安威坪碣村的漆园主，竹木漆又是花石纲的重点之一，朝廷酷取之下，民间遂有反抗。

此外，方腊信奉摩尼教。摩尼教主张"是法平等，无分高下"，信教者都是一家，同时还主张吃素断荤，节省钱财，教友中实行互助。在起义军内部，政治上，彼此平等，不分上下尊卑，大家团结一致共同对敌；经济上，凡钱财物用，一概公共享受使用，没有你我之分。

摩尼教说来也很有名，虽然后世已经不传，但在文字记载中并不阙如。如金庸小说中来自波斯的明教，其实就是摩尼教。

其实，我还真见过摩尼教的遗迹。

福建泉州，是宋元时期的全球大港，因了这番全球贸易的便利，泉州成为海上丝绸之路的起点。当年郑和下西洋也从这里过，泉州也有很多定居的少数民族。至于其他的宗教文明，也一并传进中土，其中便有摩尼教。

在泉州府晋江市，有个草庵，位于苏内村万山峰（又名万石山、华表山），始建于宋代绍兴年间，初为草筑，故名，为中国仅存的完整的摩尼教遗址，也是研究世界宗教史及中外交通史之重要实物依据。庵内"摩尼光佛"是世界仅存的一尊摩尼教石雕佛像，列为全国重点文物保护单位。

方腊竹筷生笋的故事与西北老家麻线娘娘的故事类似。在那个故事中，不愿嫁人的麻线娘娘一生纺线，待出嫁那日，放线向道场逃跑，哥嫂在身后持烧火棍追赶。线不够，掏出肠子续上，麻线娘娘终于到达道场，声言要坐化成佛。哥嫂自是不信，仍然不依不饶，争持不下，哥嫂将手里的两根烧火棍往地上一插，对妹妹说："如果你真成了佛，就让这烧火棍生根发芽。"谁知那两根烧火棍真的生根发芽，一棵成松，一棵成柏，麻线娘娘也就地坐化为一尊观音像。兄嫂见了，一下匍匐在地，倒头就拜。烧火棍，即火筷。

如今，因了各地移民的关系，本地既有径山寺这样的千年名寺和毁于某年代的同安寺，亦有教堂。那日与一位研究人类学的同学说起来，建议她在本地开展田野调查，作篇论文，一定是非常棒的。概因本地移民社会一直缺乏有力的实证研究，加之对太平天国的历史评价向来存在不同看法，这项研究竟一直未有开展。

改 造 万 竹 园

　　楼东有茶园，再往东就是竹园。竹园原先的承包者，主要是挖早笋卖钱。

　　以岳父对田间劳作的兴趣和处女座的偏执，不出两星期，林间朽竹已被他清理干净。

　　家长视察后，觉得这些竹子的品种和品相都不太好，似乎可以改造。

　　的确，现在的竹子过于粗壮，出笋再好不过，但观赏性略有不足。

　　一个周末，我带上俩老头儿，一口气砍了约三分之一的竹子，准备改种其他品种。结果，岳父边砍边质疑，后来就不愿意继续了。

　　我知道，对他老人家来说，每棵竹子都意味着出产和收入，尤

乌哺鸡竹，特征是竹节外突，出笋较晚。

紫竹，顾名思义，便是秆色偏紫黑色。

竹子开花。

山上遍野毛竹，其秆粗大，长在车坑坞瀑布下的巨石旁，也不觉得突兀。这种竹子箨环有毛，老秆无毛，竿环不明显。

其是，这是现成的，只要我不动手砍掉，明年开春就可以卖几千元的笋。但我和家长商议后认为，还是要改造。因为我们这里毕竟不是用作卖笋，而是主要用于景观。若因卖笋而影响景观，实是得不偿失。

竹子什么都好，就是招黑蚊子。请教了方圆老者，目前也无甚根治办法。

这里被我命名为竹间——甘小恬先生取的。赐名之恩不能忘，只要她来住，折扣自不在话下。（她要听说不是全免费，估计是要生气的。）

在双溪地界，除了双溪漂流景区里面为淡竹，其他山上基本都为毛竹，平地则有各色品种，各家不同。不过，在园子里，偶尔发现不同的品种也是一件趣事。

当然，在很多农村的工地上，就会发现连建筑用的脚手架都是用竹竿搭的。竹子是神奇的植物钢筋，至刚至柔。

岳父后来终于想通了，主要是因为竹园里现有的竹子多半开花，意味着多数要死掉。那天他突然兴冲冲地说，除了种植的竹子品种，他还要把野外各种竹子都引种到园子里来。

我说，这就对了。春天有早园竹，接着有乌哺鸡竹，然后有毛竹、淡竹，一年四季竹笋不断，这才是美好世界。

前些年，竹园遭了一场火灾，竹子受伤，这两年普遍开花。大家都知道，种竹千倍利，只怕竹开花。竹子一开花，就意味着生命在最终的绚烂中结束。印度梨竹的大面积开花曾引起饥荒和环境退化，日本主要竹种桂竹的开花也曾使当地竹制品企业纷纷倒闭。

我 要 做 包 工 头

听说洋人家庭里男主人几乎就是全能的，与我们现在乡下所见的男主人无二。比如说盖个房子，会自己伐木、刨光、架屋、上漆。总之，在妻子和孩子眼中，男主人就得是一个全能者。

而我们现在城里的男主人，除了应酬，在家里就是做大爷。不信问问那些妻子，她们口中的丈夫，尤其是有点成就的丈夫，哪个不是这样？

我当然不是个好男主人，除了读小学前跟着父亲学的念经驱鬼，顶多就是懂点电知识，结果在工地上修理电线时，还险些触电，吓得岳父脸都唰一下白了。

要保证质量，只能自己深度介入。我的本意，绝不似现在乡下盖房，每二十年拆掉，重修一次，而是盖了个百年老屋，待我归天见阎王，我儿可以拆掉围墙，在原基上改造即可，也免得建筑垃圾污染环境。

设想过用石材砌基等事项，结果事到临头无一实现。且单说我们请了包工头来，所谓包清工，材料得自己买。于是，我们就成了包工头的材料员。他有时估不准哪日需要什么材料、每种需要多少量，都是毛估，用到哪里算哪里，结果不是多了就是少了。这也难怪，每个师傅的手法不同，用料自然无法精准。

好在2015年钢铁和水泥价格都是近些年来最低的。曾经钢铁价格到过每吨5000元以上，而我们购买时只是每吨1850元。他们都说我们走了大运，赶上了建材最便宜的当口，于是那师傅用起料来便肆无忌惮，反正材料便宜。

等到地下室建好，平日做生意的家长已经看出了门道，包括施工所需时间、用料，她都能算个八九不离十。有时让包工头算，她看到清单，便说这个量不对、那个料漏了。包工头还经常嘴硬，但每次都应了家长的话，他也就更加地不用心。不消说家长，连我都觉得，再这样下去，等房子盖完，我完全可以做包工头了。

那日顺风车上，一位来自绍兴市上虞区的50多岁的阿姨，说在杭州装修了一套房子，被包工头气个半死，装修完成，她已经完全熟悉了流程，索性自己开了家装修公司。这给了我很大的启发。我说，若哪天真的在城里混不下去了，到乡下承包盖房子，说不定也可行。

窗 前 蝴 蝶 飞

　　回城得开一个半小时的车，猛然发现一只蝴蝶被带到车里，怎么赶也赶不出去，索性就让它在车里跳舞。同车的看到，开心得不行，只说那蝴蝶是真漂亮，就像小姑娘似的，在车窗上扇动翅膀，像是在眨眼。索性停车看它表演一阵，才又重新上路。

　　次日开车去上班，发现它竟然还在，只是明显地不服城里水土，不像前一日那么精神。这次打开车窗，它倒是利利索索地飞出去了。窗外飘着桂花香，那里才是它的花花世界。

　　城里雾霾多，乡下其实也好不了多少，毕竟这年头工业污染到处都是，且大面积的污染并不会放过任何一个角落。只是乡下较为远离城市，可能人体感觉不那么明显而已。

　　尽管如此，每次进城前，我都要先洗车，然后不停地开关车门，以便将车内空气换成最新鲜的，而后关紧门窗，一路进城，美其名曰"装一车新鲜空气回城"，且不时在朋友圈晒一下。有朋友提醒，用得着这么高调吗。可是，我真的是感觉很好啊。人生不高调，天打五雷轰。

要是搁十年前，我要在乡下盖房，首先要设一个酒吧。得三五好友，非得酩酊大醉不可，然后直卧窗前作烂泥状，等野猪拱醒，再去找酒食。

多年前，陪宁夏来的魏兄在千岛湖边一户农家小住两日，以农家主人自酿的土酒为敬，喝得平时两瓶白酒不倒的魏兄直打战。次日醒来，见春光明媚，光柱打到床上，蝴蝶漫舞，一派俗世美好。再看魏兄，蜷在另一张床上，口水直流，惨不忍睹。去叫醒他，他直喊"不要不要，再躺会儿"。看这样子，他是真不行了。问主人昨日发生了何事。原是两人喝多了，趴在篱笆墙上继续喝，还唱着秦腔（他只道是戏）。他怕两人从墙上翻下去，外面可是有五六米高，不敢再给酒，还派了人在旁边看着。后来两人酒疯耍够了，他扛着魏兄回房子，路过小水沟时脚一崴，直接往下掉。还好魏兄身长，两头搭在渠上，这才没有掉下去。原来前一夜还发生过这么凶险的事，我们全然不知。待到下午，回城心急，硬把魏兄弄到车上，才开下山。魏兄直喊不行了，要走我们先走，他死守根据地。见他这样，我们也只好再休整一日。

现在轮到我在乡下弄个房子住，要是碰到个魏兄这样的酒友，我可没能力把他弄到床上去，只好让他露天睡一夜了，别被野狗拖去便好。

　　再说，这两年酒风刹得严，我至少五年没去过酒吧了吧，平时聚餐也少饮酒，那瘾早就没了。那日看设计师在地下室设了酒吧，就极反对，说现下文艺青年都喜欢咖啡，老年人喜欢喝茶，有这两样就好。

　　可是家长一说起岳父是酿酒好手，这一切就又变了。当年森林带我去龙游他未婚妻家，几碗可口的米酒下肚，就开始输麻将，那一晚，不知道多少银子输给了老太太。想到这一层，就觉得要是碰到个像我一样拿米酒不当酒的，直接喂他吃三碗，然后拖上牌桌，必定能赢不少。那年去台湾，排湾族头领使劲给我们灌酒，我们也喝得畅快，愣是没有一个倒下，给大陆人民争了光。

　　地下室夹层特设酒窖一间，专为岳父设计，让他在这里酿酒。若有好酒的兄弟到来，拿出来喂上三碗，看表现再战。

　　关公爷温酒斩华雄，我朱子一，温酒候美人。

　　乐大姐的男人乐大哥，是个酒商。止溪刚开张，他就搬了好些美酒放在地下室，每有友至，趁着秋风冬雪，我都要拿它们出来吃醉。作为一个并不好酒的人，这辈子何曾开怀与友连日畅饮若此，怕那当日诗仙李白也不过如此。

　　甘肃秦安李氏，也就是我舅家那个家族，每每说起成纪李氏都认为与李唐王朝有关，或与李白有关，明知可能是附会，但又想万一是真的呢？

　　我们自是嗨的，但每次与岳父一起吃酒，他都会拿出饮料瓶装的自酿酒，说是甚名酒都比不得他自酿的来得纯正美味。

　　我说，地下室建成已有些时日，要不多酿些？

　　次日，岳父就喊我过去看。原来是让我把两大缸酒抱到地下室夹层里去。

　　原来已经酿好了呀？

　　我吭哧吭哧走下楼梯，老人家又让我抱到最里面。我说这儿正北是最凉的啦，他不干，说是西边恒温。直累得我比斩华雄还辛苦，遑论抱美人了。

丛 中 腾 起 一 雉 鸡

地下室里曾经发生过惨案，我儿子亲身经历过。

那时候他还很小，还不会叫青蛙，叫蛙蛙。很长一段时间，房子框架建好后，因为没有装修，雨水从采光井灌入地下室，每隔一段时间，我们就得架起水泵往外排水，否则，地下室就进不去人了。

无论怎么排，地下室里一直有积水，这便养了一群一群的青蛙。儿子只要到工地，心头就只有两件事：到沙场去刨沙，或到地下室去逗蛙蛙。

小生物的生命是很奇迹的，溪里也从未见到过青蛙，这青蛙也不知从哪儿繁殖来的，竟然能找到地下室这样的藏身处，生得一窝一窝的。儿子拿着小木棍，捣捣这只，戳戳那只，能在地下室待上半个时辰。

　　装修打地坪那日，小青蛙要从这里搬走，我怕儿子伤心，特意不让他去现场。

　　事实上也是，小青蛙哪里懂得搬家，只顾一跳一跳，就跳进水泥里去，时间不长，水泥一凝固，它们就再也别想活着出去。在施工现场，我拿了只桶，将青蛙一只一只挑出来装进去，再倒到外面。也没通知儿子，免得他对着蛙蛙"哇哇哇"。果然，后来他到工地，一个劲追问"蛙蛙，蛙蛙"。我只好说，天冷了，蛙蛙回家去冬眠了。

　　在农村盖房，鲜有我这样要求的，要求尽可能保持原汁原味的地理特征，所以大家都很难理解，也很难操作。比如我要求剩下的混凝土不乱倒，要倒在指定地点，那个地方以后要深埋。可是工人总会倒在远处地面上，以为这是处理干净了，可那远处偏偏是我要求土壤非常干净的种植区域。甚至连我岳父也不理解我的意思，硬生生弄了些建筑垃圾，把地里的坑填上。那里同样是种植区，到时候我还得请挖掘机把这些垃圾清理出来，以免种下去的蔬菜被污染。

　　至于我强行保留下来茶园，大家都觉得不可思议。因为一片茶园而影响了整个庭院的布局，是否值得？我总觉得，无论蛙蛙还是茶园，都是这里的原住民，是这里的生灵。我作为后来者，唯有与它们和谐相处，才是本分。

　　上个周末，杭州已经很冷，枯草长得人高，我从石堆上走过，看看有没有适合砌墙的石头。刚路过一处草丛，却见一只胖乎乎的雉鸡从枯草中扑棱棱而起，往溪边去了，很是吓了我一跳。

一旁的家长看了，直说这辈子还从来没在本地见过野鸡，这倒是奇了。

我说，照我们这种完全尊重生态本来面目的做法，不出几年，这里说不定连狐狸都有了。以前这里虽是农地，但毕竟常年耕种且不断除草，长的终究是作物，不适合野物生存，现在恢复生态的本来面目，各种生物自然又回来了。

一直回到家，我们还在讨论这只野鸡。家长又想起来，2013年去甘肃老家时，在沙棘丛中看到过野鸡，只是没有这只大。

我说，这应该是雉鸡。

家长道，应该还是只公的。

我说，应该是母的，所以才长那么胖。

家长说，公鸡才高大，而且花里胡哨。

我说，公鸡都有很漂亮的尾巴，这只几乎是秃尾的，肯定是母鸡。

家长一听，倒也在理，"说不定是正在换毛呢"。

这倒也是，又是一理。

却说我小时候却没有这样的善心，彼时只怕跟我儿子一样，想的不是玩就是吃，断不会这样轻易放过这只鸡。

我出生二十多天后，奶奶给我生了个小叔叔，乡间称呼"碎爸爸"。秦方言里，作为父亲的"爸爸"读 bába；作为叔叔的"爸爸"读成 bǎba；大伯称"大大"，读作"dāda"；小叔叔称"碎爸爸"。"碎"就是"小"的意思，有碎娃、碎女子之说。可别小看了这早出生的二十天，这就是以大凌小的资本。

我是老大，碎爸爸是老三。我上面没有兄长或姐姐照顾，碎爸爸上面有兄嫂、姐姐，自然要比我有势。既然如此，我只好自力更生。多少次，我在后面追着打他，边喊"我杀了你"，快追到爷爷家院子时不敢再追，只在后面跺脚步装作还在追。碎爸爸一边逃命，一边喊"子一要杀我"。待爷爷或奶奶出来救他时，我已逃到不见踪影。

但更多的时候，是我们一起合伙干坏事。有句话说，爸爸（bǎba，叔叔）侄儿，弄死人儿。说的就是这种年龄相差不大的叔侄，所能干出来的坏事的极致。

那时候小麦的产量很低，为了在青黄不接的时候糊口，乡下普遍种些谷子和糜子。谷子自然是黄小米，糜子则是古老的作物黍。糜子的面可以做成馍吃，秆子可以做成笤帚，桌上炕上的灰尘，全靠它清扫干净。

一到秋季糜子收割完毕，芝麻秆的皮也被剥好拧成了麻绳。家里的男人直腿坐在地上，脚蹬横杠，牙齿咬着麻绳，蘸水绑扎笤帚。笤帚还没扎好的时候，谷子要么还在地里，要么还在打麦场里晾晒。雀儿不吃麦子，只吃谷子。我和碎爸爸的职责就是合伙去守谷子地。

大人会把破衣烂衫或塑料挂在草人身上，半夜里吓偷吃的黄鼠狼，白天吓雀儿。雏儿自然吓得住，老雀老于世故，哪里理会这个，这便需要我和碎爸爸两个活人去激活，让雀儿分不清哪个是活的、哪个是木偶。

合理的分工当然是地分两头，一人管一头，这样才能视线全覆盖。可是孩子终究贪玩，嘴里喊着吓鸟，手里扔着土坷垃打鸟，喊着打着，就凑在一起清理出个光地，上面画个框，开始下流行的"掐方"棋。下着下着，发现雀儿已经吃得圆滚滚的，一片谷子成了空穗。

待谷子收到麦场上，雀儿也会跟着来。贪吃就要付出代价，是让我痛宰这些家伙的时候了。

簸箩儿是筛带壳谷子的，圆圆的，扣过来就是一个理想的捕鸟工具，阴阳先生捉鬼时也用它。我们在地上撒一把谷子，簸箩儿罩在上面，一头用一支小木筷支起，木筷上拴一根绳子，绳子的尽头是我的一只不怀好意的手。

雀儿会在簸箩外面不停地试探，好像要把脑袋伸进去，却又赶紧飞走。一开始我心焦，可能会上这种当。次数多了，就显示出人比雀聪明了。只要它的整个身子没有进去，我就不动；只要进去了，还没吃到谷子的时候，簸箩已经应声而倒。

看似一切天衣无缝，但在粗糙的男孩手中其实所获并不多。好几次是明明将雀儿扣在里面了，我却怎么也拿不住它。只要一抬簸箩，它就能从缝里逃走；簸箩不抬起，我也进不去。就这样耗到天黑，耗到次日早上，直到它撞死在里面，或者它直接逃走。

有限的成功只有一次，终于逮住了一只，可惜打斗太激烈，它的一只翅膀已经掉光了毛。养了没多久，它就一命呜呼了。

男孩似乎天性是爱玩鸟的。但也有例外。儿子才一岁多，岳父那天下地回来，喜滋滋地往鸟笼里装进去一只鸟，漂亮得要紧，说是给外孙抓的。收拾停当后就抱着孩子去看，儿子一看，半点兴致也没有，直接扭过身子去玩别的了。

大一点之后，家长发现了一只从树上掉下来的小鸟，羽色非常漂亮，就抓来给儿子看。小伙子倒是看了几眼，用手逗弄，那小鸟突然一跳，钻入草丛不见了。

这样的小伙子，如果派他去管谷子，谷子会不会全喂了雀？

话说止溪这地方，各种漂亮的鸟儿太多，一不小心就能碰到。有时开车在路上，窗前惊起的雀儿，好像就要钻进车里来，两岁多的儿子会指着扑来扑去做游戏的小鸟，嘴里喊"啾啾啾"。

没 有 一 个 时 辰 是 虚 度 的

前几日，杭州气温骤降，早上醒来，车窗上满是霜花，就像我奶奶过年时剪的窗花。小时候觉得这花曼妙无比。十几年前回老家时，央奶奶剪了几幅拿到杭州，却至今不曾贴起来，该是已经褪色了吧。

走在过道里，一位同事说："你最近看起来有好事，整个人都乐得止不住。"我道："为啥要止住呢？"最近一位记者就有关止溪民宿的话题采访我，我毫无廉耻地发表了一段宏论，大意是，一个对当地文化毫不知情的设计师或者什么文艺范的男女，像飞来峰一般插入当地，开出了几个酒店房间，便叫民宿了。

这叫什么民宿？这叫外来户！外来户懂不懂？就是没有根基的那种，只怕连当地的出产都拎不清。很多民宿自称是用来发呆的，可你有那么多呆可以发吗？刚刚过去的这个春节，那些回乡的青年，在自己最熟悉的故乡，有几个能待到元宵过后？因为对他们来说故乡什么都没有，所以只能说发呆。骗骗没谈过恋爱的小姑娘也就罢了，像我这样烟火气的男人，只怕是半点也打动不了。

人在年轻的时候，最容易虚度时光。眼见得多少俊俏男女放着大好的青春时光，徒有文凭却没读过几本像样的书，就觉得人生原来可以这样荒废，简直就跟当年的我们一样。这种重复，最是没有意义，可时间就被这样随意处理掉了。那些所谓发呆的装范，真真是误人子弟。

所谓退出江湖这么多年，江湖上的热闹，哪能少得了我等呢？哪怕是鼓噪几声，也总比一脸茫然要强些。那些用来起哄、鼓噪的时光，也并不曾被荒废。

上次提到要把十几年前的一些采访心得整理出来，但起不好书名。感谢大家厚爱，在几个不成器的书名中，勉强选出一个相对好些的。《追踪十年——无法终结的新闻》作为新闻书稿的书名，在五个候选书名中，占比60%。书稿已经送出版社审了，但还缺一篇序，请了一位业界朋友写，可不知他有空没有。看他常年累月的文债清单，我都替他着急。当然，我也从未想过，他竟然还会欠我的。像我这样的人，一般不强人所难。一旦难了，自己就很过意不去。既然如此，何必给双方找不自在，便两不相欠。

你看吧，我曾有意虚度时光，可这十几年，时光却不曾放过我。任你放荡江湖，江湖却不远去。

　　这就是我们的时光和它的轨迹。在看似不经意的荒疏中，一切光影，也在斑驳，也在光怪陆离。一个女作家，本来与我约好了明天说事，却突然说觉得自己起不来。想了一下，我便说，这也不妨事，待她想起来时便起来，反正我们在单位也是该做事做事，并不会空等。

　　看看，时光也是这样，你以为会浪费，可并不会。别人的时

门外茶园。

间，并不曾为我耽搁。那些所谓误了别人时间的说辞，很多时候，
不过是别人为自己找的托词。

　　这样一想，忽然觉得我也起不了床了。

PART

3

南北四季

一说到归田，于我而言，其实下意识地还带有另一层意思：归北。

无论家长怎样讽刺我"人生就是一碗浆水面"，意即没有追求，我归北的意愿仍是不可能改变的事实。

如果乡下的春天没有杏花，那还叫归田？

如果乡下没有玉撮儿菜，那还叫田园？

可这一切，都得西北风南下才行。

从一开始，这个园子里的作物，就如同我家的结构一样，一定是南北合璧的。

再说了，门前这条溪，原是苕溪的支流，名太平溪。而我西北老家最近的那集镇，就叫太平镇。

　　有些事情，真的是缘分。我本是甘肃天
水人，杭州也有个天水街道，就在单位旁边。
那日碰到杭州一大学教授，同为天水人，说
他还特意去考证过此天水与彼天水的关系，
结论当然是没有关系。

　　岳父已经动起来了，先种了土豆和玉米；
父亲种了辣椒和五樱儿菜，这都是西北地区
物产，在杭州地面，不知能活成否。

七月十二，辣椒茄儿

老家一到农历七月，满村都是川区来山里卖蔬菜的小贩。盖因此时新粮刚刚打下来，每家都有余粮，正好换购。

换购当然是极原始的交易方式。不用货币等媒介，直接以物易物，简单方便。大概是一斤麦子换三斤半西瓜，或者一斤麦子换两斤辣椒之类。因为川区农户地少人多，有限的平地就只能种蔬菜；而山区农户地多，多种小麦。而后通过小贩的这种交易，互通有无。

西北人吃饭，一碗面就是一顿饭，结束了。我这种吃法，每每让我岳母目瞪口呆。盖在南人眼里，没有菜，便不算一顿饭。

相比杭州的富足，西北乡下一年中只有过年时才能吃到肉，下半年才能吃到蔬菜，直到五六月份时还在吃上一年的土豆。此刻的土豆已经发软，像老太太的皱纹脸，不复刚收时酥，嚼起来柔柔的，特有嚼劲，还有点青黑色。所以，每到农历七月十二辣椒、茄子上市，壮如盛事，都有专门的说法："七月十二，辣椒茄儿。"

南人配菜较为随意。西北人就较为刻板，比如辣椒，或单独炒，我上高中时，经常一只馒头就一碗炒辣椒，这顿饭就打发了；或煮，然后凉拌下面吃；或与茄子固定搭配炒。

一般来说，总是南人食不厌精，但在茄子上，只怕未必。我岳母经常用辣椒和韭菜搭配，我却一直没吃出心得；有时做茄子，也是切成段，蒸煮而成。

竹林里很多这样的野果，很是艳丽。请教岳父才知，这是野辣椒。

　　而在我母亲那里，茄子有很重的菜腥味，所以要剖成段，待开水焯一遍后，挤干水分，去掉菜腥味，然后与辣椒一起炒，有点类似手撕茄子。

　　辣椒品种更加重要。在天水乡下，甘谷产的是菜椒，秦安产的是线椒，后者辛辣而前者味厚。话说，甘谷辣椒天下闻名，因气候和土壤的缘故，号"油辣椒"。名震天下的兰州牛肉面，必得用甘谷的油泼辣椒调制方可入味。

　　甘谷被称为"辣椒之乡"，那里盛产的羊角辣椒，以其椒身长、皮质厚、色泽好、辣味浓、油分多而享有盛誉。

　　杭州的辣椒，吃起来有点像秦安的线椒，一点也不醇厚。父亲那几日吃下来，最终还是央人从老家寄了些辣椒籽来，亲自种下。我那日看了，苗秧在新房子里，等长大些，再移植到地里去，但愿能在杭州吃到正宗的甘谷辣椒。

瓠子"一窝猪"

　　冬瓜是南方常见的蔬菜，瓠子则是西北乡下常见的瓜菜。

　　瓠子应该是葫芦类的品种，长得又大又圆。西北乡下种土豆的时候，随手撒下去几把种子，便是最简单的"间作"，土豆与瓠子、萝卜长在一处，平时摘瓠子吃，到刨土豆时，一并连萝卜刨出来。

　　瓠子是我小时候难得的食材，产量极低，也极容易被偷。所以，瓠子种出来，基本上是给别人家种的。

　　那时候穷，看到瓜的图片也会流口水。小学课本里有两篇关于瓜的课文，让人印象深刻。除了《田寡妇看瓜》，还有一篇《西瓜兄弟》，讲的是解放军路过瓜地，瓜农像防旧军队那样躲藏起来防他们，后来发现部队路过瓜地，秋毫无犯，他们才放心地走出来，还切了瓜递给士兵，结果都被拒绝了。当时我就想，反正已经切开了，不吃不是很浪费啊？

　　大概我读高二时，瓠子才大丰收，因为父亲拉了满满一拖拉机，送给我借住的那户人家。这瓜能从夏天一直吃到冬天，有时皮太硬，得用砍刀削皮。

　　至于萝卜，南方的水萝卜太小，我老家乡下的萝卜至少有 40厘米长，且是绿头的。如果你经常吃正宗的兰州牛肉面，能够看到绿头萝卜片。

　　萝卜可以生吃。有时在野外饿了，直接拔个萝卜剥皮就着馒头生吃。若在家里，可以凉拌，这味道，一想就流口水。2007 年我们一帮来自全国各地的记者在武汉大学参加一个培训班，一个月的时间里，每顿都有凉拌萝卜。当时是我教厨师做的，大家被我带得也都爱上了这道菜。可惜，萝卜伤胃。若是胃不好，千万不要餐前吃萝卜，一定要胃里垫了东西再吃。

　　甘肃的洋芋蛋，能吃不能干。我这个懒汉女婿，得了岳父母的万般宠爱。因为我喜欢吃土豆，岳父还专门种了一些。我说，不要种了，因为南方土壤种出来的土豆一是长不大，二是水分太多，不好吃。但岳母爱她女婿心切，硬是种了一些，不多久就挖出来吃。我父亲心疼得不行，说这土豆才开始长呢，怎么就刨了吃呢。我说，南方土豆没想着长大，因为天热，生长期短，等不到土豆长大，叶子已经干了。要是再留下去，要么烂在地里，要么被老鼠吃掉，直接白种了。

　　土豆得是甘肃苦甲天下的陇中干旱的黄土里长大的才好吃，一
煮就像爆米花一样绽开，晾冷了就着蜂蜜吃，那是什么味道？反
正，我小时候经常两颗土豆、一碗蜂蜜，日子就过到天上去了。

　　父亲貌似不大吃得惯南方的冬瓜。那天他在地里指着一朵菜苗
告诉我，这是"瓠子"。我说，好像小时候种的不是长这样。他
说，这叫"一窝猪"。一般的瓠子，都是长着长长的藤蔓，一路
结出许多瓜来。而这个品种，蔓不长，就不会浪费养分，瓠子围
着主茎结成一团，可以长好多个。

　　父亲信誓旦旦种瓠子，结果那日一看，疏于管理，叶子被虫子吃干了。反倒是岳父种的本地瓜长得巨大，看得父亲眼馋不已。

　　其实，于我而言，瓠子还有另一重意义：瓠子的花瓣可以养蚂蚱。

　　每到瓠子开花时节，正好是夏季，蚂蚱在沙棘林中吵成一片。大日头下，草帽也没法戴，会被刺挂走甚至影响行动，致蚂蚱从指缝里逃走。

　　蚂蚱到家前，先用麦秆编好盘旋而上的笼子，这对自幼心灵手巧的我来说完全不在话下。蚂蚱搬进新家，用瓠子花瓣喂食，那家伙可喜欢吃这东西了。

　　直到现在，我还经常梦见自己在沙棘林里抓蚂蚱，两只手合下去被刺扎醒。

椿香南下

　　2016 年春天，《浙江老年报》用将近一个整版的篇幅刊登了一篇稿子——《椿香南下》。记者开头便说，第一次吃到香椿，大约是在十年前的这个时节。其时，杭州梅家坞农家菜的菜单里，出现一道"香椿炒蛋"，喷香的炒蛋里缠绕着香椿特殊的气味，实在稀奇得很。

　　记者考证说："原本香椿是北方人吃的，长兴这边应该不多。"家住湖州长兴的彭红星说，一百多年前，河南籍移民大量过来，也带来了香椿，于是香椿慢慢在长兴推广开来。

　　彭红星的奶奶就是河南移民的后代，记忆里奶奶和她娘家人都特别爱吃香椿："她们每年都要摘香椿、吃香椿。吃了新鲜的，还要吃腌制的，终年不断。"

　　有人曾对移民的分布特点做了一个歌谣般的总结："本地人住

城镇，安庆人住高山，平阳人住丘陵，河南人住田畈，苏北人在
港滩。"

长兴一带至今仍有一些河南移民的后代喜欢两三户人家结伴住
在田畈。

据史书记载，太平天国后期，李秀成率其部下围困湖州城整整
三年才攻破。城破时，百姓死伤无数。从长兴县、安吉县乃至孝
丰县，往往走上十里不见人烟。

由于长兴一带人口锐减，长兴迎来了史上规模空前的移民潮，
持续了半个多世纪。

《中国经济志：浙江省长兴县》内引述民国初年的调查，其时
长兴县"农民籍贯，以河南籍最多，百分之四十以上"。

在长兴一带现在还能看到，在河南移民后代聚集的村落，香椿
树格外多一些。

这个考证应该是确实的。我岳母就是河南移民后裔，她娘家位
于仇山，那是日本人从平原地带伸向西部山区的最后一个桥头堡，
那里遍布河南老家常见的香椿树。只是她出嫁后，这里的居民以
闽南人移民居多，村里的香椿树才比较鲜见。现在有了菜园，我
自然想多种些香椿，可能北方人喜欢吃辛辣的食物，带有一点怪
味的香椿也在其列。

香椿树皮及根皮的内层皮苦、涩，可用于治疗痢疾、泄泻、风
湿腰腿痛；叶苦，平，可用于治疗痔疮、痢疾；果实辛、苦，可

香椿以枝色分红椿和白椿两种，上面的是红椿，本地产。下面的是白椿，是父亲
从甘肃老家移来的。

用于治疗泄泻、痢疾、胃痛。

但香椿之"香"与众不同，"爱我者誉为佳肴，厌我者视如臭秽"，可能有点像绍兴的臭豆腐，闻香下马的有，闻臭掩鼻而走的更多，而一旦喜欢上，就再也放不下了。

我父亲从小喜欢吃这东西，以前什么东西都缺，只有堂叔家后院有一棵香椿树。父亲有时会拿着长铲去弄几个芽下来，焯了凉拌吃，但因香椿芽稀少，并不能经常吃到。

这次父亲来帮忙，从老家带了几株香椿苗，种在园子里，它们已经冲天而起。

岳母也从她娘家弄了些苗来，再过两年，想来要椿香满园了。

其实村里现在种香椿的也多了。那日路过闽南人的一座院子，其门外也种着一溜香椿。随着人员流动，食材也会跟着人走南闯北，说不定哪一天院子里就会长出洋槐树和刺桐树来。

有香椿，就有臭椿。印象中的泉下老家，一到春天，不是洋槐花香就是臭椿展叶，到处弥漫着植物斗法的气息。

五撮儿

　　西北苦寒之地——注意，是苦寒之地——的一些物产，往往让人当时不甚注意，回首却是独有的记忆。

　　那年春天，母亲在电话里问我，老家有甚想吃的，她可以做了寄来。现在邮递方便，不日即到。

　　一下就想到五撮儿。阳坡对面的阴坡半山，有一溜田埂，埂上遍布五撮儿刺。采摘嫩芽的时候，正好是旧刺尚未脱落，扎得人眼泪直流。吃这个菜，是要付出疼痛代价的。可我实在是想吃，母亲便依我吩咐，采了来晾干，再寄予我。我这里开水一焯，凉拌，人间至味不过如此，直吃了半月有余。

　　这次父亲从家来，也带了五撮儿的根，种下去不出半月，萌出地面，五片叶子一舒展，便知是正宗无疑。可惜的是，当时种在竹林边，可能是田鼠也嗅到此物好食，竟活生生打了个洞通到根部，将这好物给吃了。

次日一早，前往巡视的父亲发现了异常，赶紧将另一株尚未完全干枯的小苗移植到宽敞处，暂且安身不表。

学农出身的堂哥小红说，这种野菜，对生长环境要求不高，但对区域很挑剔，在老家，一过了高庙梁，就没得吃了。

五撮儿是什么学名，请教各方，均是不得而知，最常见的答案是五味子。但比来比去，均无可能。后来还是自力更生，依靠无所不能的互联网，遍查五叶带刺植物，终于比对出应该是五加类植物，初定刺五加。正好甘肃林业职业技术学院一位先生写了篇天水地区野菜的论文，里面提到天水有五加类野菜，包含红毛五加、五加、藤五加、短柄五加、蜀五加、狭叶五加、刺五加、糙叶五加八种，人称"五叶菜"或"五叶尖"。

老家山坡上的，根据果实形状，排除掉红毛五加、五加、狭叶五加、蜀五加（甘肃只有天水能生长）、糙叶五加、短柄五加这六种，只能是藤五加或刺五加。其中，藤五加因为生长在长江流域，在甘肃也只有天水、陇南西和县能生长。

藤五加是中国特有的植物，在浙江也有分布。可我在浙江没有找到，却碰到了一种类似的植物猫儿刺。

那日修整园子，看到地埂上有一丛带刺的绿植，便想砍掉，被家长劝止。那刺常绿，叶片泛光，但边缘带刺，实令人又喜又厌。据称，这种植物四季常青，入秋后红果满枝，经冬不凋，艳丽可

长得最像的可能是猫儿刺。

爱。后查资料，却原来它的学名叫枸（jǔ）骨，又名猫儿刺、老虎刺等，是优良的观叶、观果树种，在欧美国家常用于圣诞节的装饰，故也称"圣诞树"。

赶紧将这株保护起来，但要让人愿意亲近，还得费一番心思，因为它实在是看着就可怕。

岳父总是以是否具有经济价值来衡量林木价值。那日在工地上，他神秘兮兮地告诉我："我发现了一棵苦楝树，给砍掉了！"

惊问其故，答这树是苦的，意味着我们要过苦日子。

我们还信这个呀，好端端一棵树，就因为名字里带了个"苦"，就得折命，那苦苣菜岂不是同样的？便再次跟他说，我们不是办果园，是建一个好玩的园子，给众人耍的，不是用来吃的。说到这儿，他突然说，看到一棵很大的猫儿刺，只是因为碍事，被别人砍去了一半树冠，问还要不要。园子里的那棵小的猫儿刺，家长已经跟他叮嘱过了，他将一些影响生长的藤类砍了，现在那棵猫儿刺长势很好。

多好的事啊！赶紧请他移了来，树形好不好看都是其次的，关键是得有趣。

苦苣

却说，做浆水最好吃的苦苣菜，也是家乡一野味。只是苦苣的根茎矮小嫩脆，父亲竟然也移植了来。待其长出地面后，已经收割做了一次浆水，后续还能不能长出来，且看天命。你若上网去买浆水，那些标榜苦苣菜的，一般来说一定好吃。毕竟此物需要到野外采集，最是花工夫。

在所有可做浆水的青菜中，苦苣菜最为高端。一般做浆水，芹菜可以提香味，苦苣最好吃，萝卜叶子纯粹是冬天没菜时用来支应差事的。

当然，蚂蚱也喜欢吃苦苣叶。如果没有瓠子花，苦苣叶也能让蚂蚱吃一个夏天。

苜蓿菜

2013 年夏天，我带甘小恬等人西行，回程经过贺兰山，沿途遇到紫花盛开，便告是苜蓿。此物来自西域，多年生草本，是饲养牲口的好料，牲口冬天养膘全靠它。

甘小恬们自然是下去一阵猛拍，又撞见了在草丛里组队奏乐的蚂蚱，且还有小时候熟知的野草药。

每年春首，残雪尚未退尽，首先冒出地面的，一定是苜蓿芽。此时将一段铁丝一端砸弯砸扁，便是一把好小刀。用这小刀将刚刚露头的苜蓿芽割下来，用开水焯过，凉拌，这可是春天第一味呀。

在湖北生活了三十多年的二叔，对此物也是极为喜爱。后来到杭州下沙一家企业工作，企业对门是一块空地，不少工人划出小地块种了水果之类，二叔独给自己种了一片苜蓿，每年春首，食之不尽。自从学会了微信，他便时不时在家族群里晒他的苜蓿菜，引得我们只顾流口水。

2016年中秋是个台风天，我去下沙看二叔，便央他趁雨小时挖了三窝苜蓿根，以及三株野桑树。怕留着枯死，我便不顾台风暴雨，将它们送回乡下，再赶回城里值班，看得岳父目瞪口呆，直言"何至于此"。

不料，岳父母看了桑树后，觉得是野桑，结果太小，就当干柴放在那里没种。待我知道时已是三日后，赶紧种起来，只见它们已是枯枝败叶，怕是也活不成了。

我们植桑，不为养蚕，不为吃葚，就为有这么一种体验。桑葚在我老家又叫桑杏儿，两者读音相同。在甘谷话里，杏和葚都读"hèn"。

沙棘

　　沙棘是另一种好生物。当年也是西行途中，一群美女对着沙棘果馋涎欲滴，硬是不顾太阳下山，在余晖中采了沙棘果，一边酸得掉眼泪一边吃。

　　其实，杭州城里这两年最流行的果汁之一便是沙棘汁，其功效被描绘得神乎其神。而这饮料，在我上小学时曾经在乡下流行过一阵，后来就不见了，不知道为什么隔了三十年，却在遥远的杭州突然火了。

　　在沙棘的故乡，20 世纪 50 年代大炼钢铁，山上林木全被砍掉，灌木丛沙棘就成了山中之王。它耐旱、喜阴，很容易就能霸占一个山头。我读小学那年，不知出于什么原因，村里突然允许大家把沙棘全砍了，于是众人一哄而上，山头被剃成光头，只剩不多几处成为孤品。结果，三五年后，这些沙棘又重新长成了新林，约有一人多高。每到春节前，那些喜欢野味的人就背着猎枪，在沙棘林中追逐野兔和野鸡，总有收获。结果，有一年，也是天黑看不清——活该出事——有人一枪出去，把一位经过的老者打成了筛子。这么说实在是不够尊重和人道，可我也不知道怎么说才能说明白。因为枪法不准，猎手普遍用的是散沙，一枪打出去，沙子乱飞，打在人身上，自然满身都是伤。

现在退耕还林，满山都是野鸡野兔，甚至有淘宝店专门卖这里的野鸡肉，说是土著，我到现在还没尝过那肉是何等滋味。

去年，父亲给我寄来一些苜蓿和沙棘种子，撒下去之后，竟然

更多的野果，一不小心就会被认作沙棘。

枸杞。

无一发芽，也不知是何原因。央及同乡小泉从老家带了沙棘根来，结果它们也干死了。

其实，这两年在沪杭开连锁的西贝人家餐厅是有沙棘汁卖的。你若去了这家店，可以尝尝，绝不负你。

其实，以前经常有沙棘汁厂到村里收购沙棘果，农妇们这个时候的收入部分是靠采沙棘果来的。成熟时节，沙棘果如红彤彤的柿子挂满枝头，甚是好看。去县城赶集，渴了也以喝沙棘汁为乐。但后来，收购的人少了，沙棘汁也好久没看到了。真没想到，在这远隔千山万水的杭州城里，倒有沙棘汁可以买。

不过，在泉下老家，沙棘叫酸刺，果实叫酸揪揪，可能因那果实实在是太酸了。

2017 年春节，老家的亲人挖了几段刺五加和沙棘的根送来，我们种下去，一天天看着长大。

2017 年的夏天，与 2013 年一样热。那年，焦躁中的我们突发走意，直接电话向领导请了假，后备厢里放了棉衣，直奔大西北。

就是那次，到老家时已近黄昏，一众女生在甘肃老家的山顶上发现了大批红艳艳的沙棘果。

2017 年夏天，果不其然，移栽的沙棘全部干死。

我妹妹愣是不信：在新疆这么干旱的地方都旱不死，在杭州，在溪边，怎么会旱死呢？

那可能是烫死的。在微信视频里，母亲分析，一是天气太热，二是溪边俱沙地，沙地的地面温度可能会烫人。那么沙棘被烫死而非干死的可能性也是很大的。

好吧，总之是，无缘。

牡 丹

　　那年西行路过洛阳，专程去看在那里驻兵的"高司令"，听他的谈吐，自与别的军人不同，毕竟也在兰大受过教育，对于战争有自己的思考角度，我等甚受教益。

　　只是那次，牡丹不在花期，我们只看了龙门石窟。也是奇了，那趟远行，越过了麦积山石窟，后来到莫高窟、泾川百里石窟长廊、龙门石窟，加上前些年在大同看过的云冈石窟，中国四大石窟，竟然看了个遍。可对我这样一个不信佛又没有艺术造诣的人来说，这实在是浪费。当然，好看是好看，可是要说震撼，只能说内行看门道，外行看热闹。而我这样的外行其实热闹也没得看。

　　或者说，做记者做久了，平时总是眼观六路耳听八方，很少代入，总把自己当第三者，参观的时候也不专心，除了参观石窟，顺带着发现了不少有趣好玩的事。

真正被震到，还是读小学时看到牡丹花。那时年少无知，"少所见，多所怪，睹橐驼言马肿背"。那牡丹花真是开得大，比碗还大，仅四五片花瓣，就盖过我的脸，又香到不行。研究之后，我发现真正香的是白牡丹，花瓣少而气香。红牡丹花瓣非常灿烂繁盛，却不甚清香。

我们的学校不大，和西北农家的格局一样，三面是房子，正面空着留一校门。院子中央是一座花园，有五株牡丹——红的两株、白的三株，刺玫一株，芍药两株，但一株死了。

可是我总分不清红牡丹和芍药的区别。最近有人告诉我，芍药要配牡丹，心想这难道是为了鱼目混珠吗。再思，傻傻分不清的，

应该也就我了吧。

后来，我小学还没毕业，花园被毁，改成了韭菜地。中午不能回家吃饭的老师，就割些韭菜自己用煤炉炖着吃。

当时，因为花开得太猛，每到中午时分，我们就会偷着翻墙进入校园，折几枝牡丹落荒而逃，不敢回头，一直跑回家里。到家后用啤酒瓶养起来，于是破败的屋子里香气弥漫，好久才散去。等花开败了，叶子就开始腐烂，我才依依不舍地扔掉。

舅舅家的小院里，有一丛竹子，也有一丛牡丹，花朵特别大，感觉比人要高。我很多次要求父亲移植一些来，都被拒绝，因为在院子里动工种东西要惊动土地神，万一弄错时间，要犯煞气。

泉下老家一直没种成牡丹，我的心思慢慢也就散了。后来读书，性情大变，对这种以丰腴夸张为美的唐风诸多不适应。大学宿舍和办公室里都养了文竹，连普通的竹子都嫌太胖了，哪怕练练书法，也不喜欢颜真卿，而是苦练柳体。

谁知人到中年，性情又一大变，突然开始喜欢牡丹，哪怕是胖乎乎的颜体字也觉得老成持重、可爱不少，可能也是因为小时候的记忆过于贫瘠。那日想到要在院子里重建一个"泉下"老家的风貌，想到的第一个就是牡丹。正好一位初中同学的侄女来杭州实习，说起这事，她说老家正好有大批的牡丹，可以移植一些来。我不禁大喜过望。

那日在微信群里炫耀这事，在老家的小叔叔说，现在这物件不稀奇了。朱大肠家的牡丹结籽后，掉到沟里，半边沟都是牡丹花。

啊，也就奇了，牡丹这东西，专门种，怎么都不发芽；自然掉落在山坡时，却长得满坡都是。真是不识抬举，就这样，还想既富且贵？真让人怀疑。

说到牡丹，记起读书时一位女生见我不睬她，曾有句话赠我："洋芋开花赛牡丹。"

我移栽的有来自甘肃的牡丹，也有本地品种。

那天与《杭州日报》一位同行去临安乡下，看到花团锦簇，便以为那是芍药，硬生生挖了两株来。却道它们并不是芍药，而是大丽花。好吧，大丽花也好啊，它不是还有另一个名字叫"洋芍药"吗？

洋 槐

母亲最反对在园子里种洋槐，虽然它曾是救命的树。

喜欢吃蜂蜜的朋友应该知道，蜂蜜品类里有一个大类叫"洋槐蜜"，既然挂了"洋"字，自然是外来物种；是外来物种，就有水土不服或者戕害本土的可能性。可惜的是，洋槐偏偏就是后者。

但我一直没发现这个毛病。老家阳坡旱到任何物种都可能长不成，独独洋槐一种就活，这使我对这个物种好感倍增。再加上洋槐一开就是成串成串的花，直接摘来吃，甜甜的，做成菜，爽爽的。尤其是花蕊，似乎可以直接吃出蜜来。

泉下家族曾经住在泉边，老庄那里，是一片茂密的洋槐林。间有一棵，可能品种与众不同，叶子可以直接吃，现在想来应该是国槐。

在三年困难时期，不知道洋槐叶救了多少人的命。但因它生命力过于旺盛，命又贱，见风就长，且蔓延得到处都是。母亲说，若真种了，不出几年，整个园子全是洋槐，看你咋办。若真是满园洋槐，那满园全是葡萄串一样的洋槐花不也挺好吗，我觉得。反正先种些再说，大不了一旦情况失控就将它们斩草除根。开春后将种子撒下去，至今没个音信。

　　却说那日改造万竹园，却见一树独生，被竹林压得喘不过气来。待将周边竹子砍光，细细观察，却是一株叶片极似槐树的老树。问岳父，答是台树，且很肯定是"台湾的台"。我觉得不大可信，这应是槐树无疑，只是不知是哪个品种。

我险些以为这就是洋槐，结果岳母强调指出：这树没有刺，只是叶子与洋槐像。

刺 玫

老宅隔壁有户人家，家有小儿，与我儿年纪相仿。9月初开学，村里一群小伙伴都去上学，我儿遍寻伙伴不见，着急上火，一家家找过去，终是无果。

改日他去找，见隔壁人家正在修剪刺枚，我便央岳母去问人家开春移栽一株。岳母说，这花每月都开，本来自家院里也有，长在银杏树下，但被岳父以没有经济价值为由砍了。

记起小学校园里有过这么一株。当时，芍药、牡丹、刺玫都种在花园里，东边是芍药，北边是刺玫和沙柳，西南边是牡丹。后来老师把花都砍掉，改种了韭菜。离家太远的老师中午不能回家吃饭，就割些韭菜自己用煤油炉子做了吃。

可谁知这株是刺玫还是月季呢？

子西树

我儿出生那年，我央岳父去山上移栽一棵树。这是要仿我父亲在我出生时给我种棵柳树做棺材板。岳父种了，精心侍弄，但感觉这树两年未长一寸，只是不停地开白色小花，经年不衰。

请教岳母，才知这树永远长不大，名六月雪，不高不大，但不会老。就算子西老了，树也没现在高。可能岳父当时没有想好，只觉要长得慢，不会老，就拿来种了。

我失笑不已。我事先没有跟岳父说清种这树的意义，他以为是希望孩子永远青春的意思呢。这树最高也不过长到七八十厘米，很快孩子个头儿就超过它了。

止溪建成后，有一天铺草坪，我发现这株小树被安排在中央最重要的位置上。问都没有问，我知这肯定是岳父的意思。在这里，没有人比他的小外孙更重要了。

六月雪瘦弱，岳父还特意用栅栏围了个空
间给它。

话说"六月雪"这名字也真有轮回的意思。想我当年读高中时喜好舞文弄墨，给自己取了个"夏冰"的笔名，连我心仪的女生都晓得。

夏冰，可不就是"六月雪"吗？

映山红

　　在乐清工作时，那里有个地名叫城北，其实是一座山头。上面全是野生的杜鹃花，也就是映山红。

　　开春时，一群同事相约去城北玩耍，看到漫山遍野的映山红，艳到让人发癫。

　　也就是那次，终于把乐清城里有名的文艺青年羽先生给喝趴下了。虽然我已醉去，但看到羽先生下山时停车表演两次，已是莫大胜利。

　　老宅院中有一映山红，种在一老石水槽里，槽比花贵，这是显而易见的。茶山上到处都是映山红，我看了直想挖来种，家长却反对。因新园子还在整理，早挖来了又得移走。且她已在山中某处物色了几株大型的，我看到的那些，都不能入她的眼。

　　果然，她是个高标准严要求的人。

南北二杏

　　查资料，说杭州不可植杏。可资料往往靠不住，岳父在老宅屋旁就种了一株杏树。

　　那天突然想起，园子里必须有杏树，可是赶去一看，没了。问岳母。答，岳父嫌前年它只结杏几粒，不够繁盛，砍了。我说，结杏不多，是因为长在房子西北角，阳光被遮拦了，移在他处，自然好长。岳母说，其他地方已经种得密密麻麻，实在腾不出位子来了。

　　天啦。在杭州城里，哪有这么大的杏树，哪怕只是春天开开花也好的，何必这么现实，结杏不多就砍了？心痛不已。岳母说，好像村里谁家也有一株大杏树，听说要砍，不妨去看看。一看，也因盖房碍事被砍，已杳无踪迹。

　　在西北乡下，所谓的水果，就是杏子和酸梨，以及可望而不可即的苹果。苹果是稀罕之物，家里若有一两颗，经常让来让去，还是没人好意思下口，直到果皮发皱，打发给最小的孩子吃。酸梨自然是不好吃，但焐一焐，就能像兰州冻梨那样，可口到不行。

杏子是春天的小女儿。桃花虽然开得好，很炫，但是不像杏花，是绿叶和花一起生发出来的，配在一起，才是姹紫嫣红，加上蜜蜂闻讯而来，热闹非凡。若有春雨应时而至，潇潇春雨带着刚刚融完的雪水，冷飕飕，湿答答，但到处都是拔节疯长的麦苗和逐日绽开的杏花杏叶。

相较之下，桃花开得像纸花一样，一点也不真实，而杏花则带着自己的衣服，嫩绿滴翠，颜色最相配。花瓣一掉，遍地都是，随风而去，青杏已然可见。馋嘴的小媳妇偷偷摘来吃了，必是有喜。墙角偷窥的婆婆自然放下心来，回家准备小孩的衣物。

我家位于阳坡崖上，最为干旱，恰门前崖下又有杏树一棵，每到季节，花开灿烂，到结果时，却干旱零落。树也长不起来，就像我，一直这么大，我小的时候它那么小，我长大了，读大学了，它还那么小。别人也欺负它，待它结杏时，这个路过摘一颗，那个路过随手撩一下，待杏子成熟时，只剩够不着的几颗。只是我每年总能爬上树去吃到几颗，也算是过了吃自家杏子的干瘾。

老绅士家屋后几棵大树，有杏，有酸梨。每到成熟季节，这里像是节日，他家挑个周末的时间打杏子，年轻人都赶来。有人上树去摇，下面有人捡，似乎半个村庄的人都在这里。

　　我舅舅家有更多的杏树。有些杏树的杏仁是甜的，没有毒，可以直接吃；有些杏仁是苦的，有毒，要焯过再凉拌下饭吃。若没抢到老绅士家的杏子，可去舅舅家吃，那里实在是太多了。

　　若到春首春耕，经常能碰到刚刚长出地面的杏树苗，还带着杏仁的两个瓣。大人一耕而过，我却要抢着挖出来，移栽到别处，但那些杏苗从未成活过。

　　虽然都叫杏，但银杏明显是另一个物种。我岳父的父辈给几个孩子留下了几株大银杏树（当地也叫白果树），那时银杏果还很值钱，一年可以卖不少钱。后来，岳父在他的老宅院子里种了不少，为了建新房时移栽，还在山上竹林里种了一些。

　　那天我说，房子沿边一溜要种一排银杏，成为"银杏小道"，秋天黄叶铺地，又是另一光景，只是树从何来。

　　岳母说："你爸爸已经准备好了，在山上。"改日去看，不得不佩服岳父的远见。

　　那日带着儿子去认竹林，顺便看了一下那些银杏树。树是好树，可惜我空着手连滚带爬才从山上下来，若是移树，只怕望树兴叹。树长得太大，已非人力所能移。想请挖掘机来，路又太窄，上不去。这批树，现在成了我的心病。

　　至于杏树，一直在想办法，最后还是河南籍移民的后裔、仇山的肖家亲戚那里又有宝物，移栽了来。河南与甘肃同处黄河流域，物产、人情，颇有相似处。

马兰头·马兰花

马兰头是止溪一带常见的野菜，可从开春吃到夏季。

马兰花是什么？从小见过的最艳的花朵，花蕊突出三四厘米，花瓣弯成新月，似钩如刀，又美艳，又锋利，活生生的美人冰刀。

可那陕北人唱来，却又是另一番风韵。百度百科上说，马兰花是山丹丹的别称，但我觉得这可能是误会。光从花朵形状上看，家长一眼就认出马兰花一定是百合科。

一直忘了老家叫这花什么，貌似阴坡长得多，偶尔露出一株，似绛珠仙草，卓尔不凡，绝然而然。妹妹倒是记得清，说是叫"闪蛋花"。倒还真是，但写法一定是"山丹花"。在秦方言中，上声一般读去声，如 shǎn 读为 shàn。但也有区别，如关中地区将阴平音多读为去声，如 shān 读为 shàn；而在甘肃南部，shān 读 shǎn。我怀疑这花名从陕西传至甘肃，陕西人的音调也一并传了过来，按照甘肃南部方言的发音规律，反而对不上是哪几个字了。

《山丹丹花开红艳艳》，相信很多人都熟悉这首歌曲。但有人说，这花唱的是山丹丹，其实说的是杜鹃，是人们误用了。到网上一搜，还真是，与这首歌匹配的品种还真是杜鹃。

杜鹃的确要逊色多了。刚毕业那年，在楼顶发现了几盆别人废弃的盆栽，拿出去一养，便是这杜鹃。

马兰花其实与波斯菊有点像，但养马兰花要更费心些，它总是很难种，不像波斯菊那样撒下去种子就是一片花海。马兰花的根是球茎，有点像蒜瓣。一到夏初，野外总能碰到几株，挖回来种一季，就是一季。印象中，这个季节最喜欢养的，动物属蚂蚱，植物属山丹花。

野　葱

自打到了江南，家长带我上地，先是在溪边一个地方发现了一片马兰头，刚开始不太得要领，挖着挖着就没了信心，一不小心就发现了野葱。

当地人都不食野葱，我们拔了来，有时是做调面的料，有时用来烙蛋饼，总是不间断。后来听说野葱少了，岳母一打听，原来村里嫁过来了一个四川人，那人也喜欢吃。于是我常吃的那一片野葱就变成她的菜园子了。

那日，一位新闻界老前辈到乡下转悠。我带他沿溪走了一段，没想到他拍的照片做成 H5，美得不得了。顺便向他介绍了这里的野菜，比如野葱，我时常摘了做煎饼吃。家长在这里长大，却对这物从来视而不见。反倒是我发现后如获至宝，从此家里野葱不断。有段时间听说，一条堤上的野葱被我们吃完了；又有段时间听说，安徽来打工的一些人也喜欢吃这物，被他们拔光，我都没得吃了，岳母甚是遗憾。

其实，甘肃老家野外与葱最相似的是野韭菜，而非野葱，且野韭菜的花茎也就是韭苔，更是好吃。不过，若碰到天旱，韭苔显然是太干硬，没法吃了。

老前辈听了，甚是欢喜，也蹲下拔了一些回去吃。

过了些时日，却听他说起此物甚是好吃。我说，是的，待来年春首，再去拔些来。他说，不用不用，他家里都有的。

这倒是奇了。

却原来，他拔回去后，种在阳台花圃里，这野葱竟然一直生长下去，不曾中断。

而我自己，一直在菜园里引种，却从未成功。

本来，野葱只应春夏有，却不料在深秋落叶季节，我在园子附近发现了不少新发出来的苗，赶紧补拍了照片，且慢慢割了调味。

人就是这样，你拥有了一样东西，便不懂得珍惜；不曾拥有，便会使出各种劲道去拥有。

野葱亦然，人生亦然。人类自森林来、自田野来，乡间生活可能真的深入人类骨髓，令人不能忘掉。

曾经不理解古代那些致仕的官员，何不把儿孙接到繁华的汴京西京，而是一直留在乡下种地，何故一旦告老就一定要还乡。

到了这年纪，就明白了。

野蒽。

银丝柳

我和父亲在园子里插了不少柳条，一开始它们好像发芽了，但久不浇水，不日全死。

还是后来不知岳父从哪里移了一株来，现在那株长得不错。

柳树实实与我的归宿相关。在《阳坡泉下》中，我曾写道："我家庄院后崖边上的柳树，历38年才长成这样。我出生那年父亲手植此树，为我备下棺材用材。站在院子里往后面的崖上看，柳树冠撑开在蓝天下，甚是孤单。"

家长当时还和这树合了影，算是提前见识了我的结局。从树下看过去，西北群莽大山尽收眼底。

也是此行，我们从西安东进城，行至灞上，灯影晃动，竟未见一株柳树。柳是离别之物，诗词中有"杨柳岸、晓风残月"句，最炫的自是李白那首《忆秦娥》：

　　箫声咽，秦娥梦断秦楼月。秦楼月，年年柳色，灞陵伤别。

　　乐游原上清秋节，咸阳古道音尘绝。音尘绝，西风残照，汉家陵阙。

有此铺垫，像我这样跑江湖的，每遇离别，总是感柳不已。

那日与舅家表哥谈到家乡风物，他便推荐了门前的一棵柳树，道这倒是个稀物，其他地方均未见。

这柳名银丝柳，与垂柳亦大不同。

上网一搜，竟只有家具中所言"银丝柳"，应为一种颜色；但作为一种树种，竟无一言。正如表哥所言，此物还真是稀有。

格 桑 花

　　在漫长的冬季马上要结束的时候，河沟里刚刚融化的冰雪缝里，一朵黄色的小花，带着满身的冰花，挤了出来。很久很久之后，其他的小草才会泛绿，其他的花朵才开始开苞。

　　在天水乡下，没有一种花能够比它带给人的震撼强烈。这种花看起来嫩嫩的，可爱、美丽，令人忍不住就想亲一口。

　　这花便叫款冬花。

　　非要比方的话，它有点像南方的荷花，其茎就是缩小版的莲藕，生于阴湿之地。若有咳嗽，父亲便挖款冬花根茎来，加入竹叶熬制，一喝就灵。

　　但款冬花不好种植。西北大地干旱，但气温低，遇阴湿地，款冬便能快速生长。而南方过于酷热，虽然水多，款冬却会在35摄氏度以上的天气干枯。

若在西北乡下，一到夏天花谢，款冬花叶子长到巨大若蒲扇，就更加像荷叶了。乡下缺水，靠泉眼渗水，泥土混浊。若摘款冬花叶当勺舀起，竟有净水功能，可直接入口饮用。这叶，便叫"凉水叶钵儿"。

款冬花养不得，就种波斯菊。其实在我小时候这花不叫波斯菊，而叫八瓣碗。其花小巧娇艳，其叶榛榛，正合"文艺犯"小心思。关键是这种花还好养，不像文艺青年那样难侍弄。花期结果，花籽生一大堆，只要收集起来，来年撒下去便能生长。其籽形状细条，就像它的名字一样，是一弯新月。

在藏区来的同学中，格桑花是一种最不能离口的花朵，后来究其实，却原来格桑花就是波斯菊。

1906 年，清廷失能，驻藏大臣身份尴尬，西藏上层对清廷有不二之心，国土面临分裂的危局。受光绪皇帝指派，张荫棠被任命为副都统，以驻藏帮办大臣的身份驻藏，借以挽回危局。

张荫棠大人爱花成癖，进藏时带了各种花籽。试种后，其他花籽无法生长，唯有一种花籽长出来呈八瓣形，且耐寒，花瓣美丽，颜色各异，清香似葵花，果实呈小葵花籽状。一时间，拉萨家家户户都争相播种，这种花生命力极强，自踏上这片高天阔土，就迅速传遍西藏各地。然而谁都不知道此花何名，只知道是驻藏大臣张荫棠大人带入西藏，因此起名"张大人"。当时，西藏通晓汉语的人很少，而会说"张大人"这一词的藏族百姓却大有人在。

许多不会说汉语的藏族老人谈论此花时，也能流利地说出"张大人"这三个汉字。

实际上，一旦整体文化水平不高，就连命名也会出现错讹。格桑花虽是藏文化的标志性品种，但究竟是哪一种花，却不甚了了。在藏语中，"格桑"是"美好时光"或"幸福"的意思，"梅朵"是花的意思，所以格桑花也叫幸福花、盛世之花。也许，格桑花本来是其他相似品种，张大人进藏后，移花接木，波斯菊又成了格桑花。

家长曾自驾游历过西藏，对藏文化自是钟情，说起草原、格桑花，神采飞扬。陪我们去甘肃、青海，家长直言西藏才是大景，此小景也。听多了，我就有不耐。藏区好就好了，你也能耐，如何整日讽刺我等小玩法，絮叨不停，是何故也？家长这才止息，后面果然行程顺利。

查资料，波斯菊原产于墨西哥，与波斯并无关联。在哥伦布发现新大陆之后，欧洲的淑女绅士们才有缘见这种楚楚动人的花。船员们采下种子，将它带回欧洲栽种，由于它的长相讨人喜爱，又容易栽培，从浙江沿海到西藏高原，哪里都能生存，且不用耕种，只播也能成花海，这等生命力，就像青藏高原上的生灵，见风就能生长。

那日参观姐夫的新宅，发现院里波斯菊开得正盛，便约了种子，明年园子里，必是波斯菊世界。

何不食灰菜

一到春首，杭州人上菜，先来一盘凉拌马兰头，若有鲜笋搭配，自是其味无穷。

家长要么带我去捡拾马兰头，要么拔野葱，回来不到两小时，它们就都成了胃中之物。

最近总在野外逛，碰到了灰菜，赶紧报告家长，却道此物不食。

大奇。在西北老家，此物其实很好，一焯，口感绵软、柔嫩、丝滑。

查天水野菜，蕨菜排第一，灰菜便排第二。这两样东西，杭州恰恰都有。藜、灰菜是同一样东西，又名灰条条、灰灰菜，但在老家方言中，就叫灰条。

灰菜是一种生命力旺盛的植物，生于田间、地头、坡上、沟涧，乃至城市中的荒僻幽落，处处可以见到它们摇曳的身影。灰菜在中国的华南、华北、东北、西南、东南等各地区均有分布。

我国人民食用灰菜的历史悠久。灰菜，古称藜，是我们祖先最早认识和食用的野菜之一。《诗经》中说"南山有台，北山有莱"，其中的"莱"就是藜。

这道古老的菜肴，本为平民菜，相传古代帝王尧、舜、禹三帝为体现与民同食而经常食用，使其成为帝王餐桌上的"家常菜"。

宋代诗人陆游爱喝粥，其中有一款就是藜粥。孔子被困陈蔡，"藜羹不糁（米粒）"，吃的是藜菜，连点米粒也没有。20世纪三年大饥荒时，食物奇缺，灰菜又成为人们果腹充饥的食物。

连圣人孔子吃过的东西，家长都不食，这可是什么缘故？

灰菜幼苗和嫩茎叶可食用，味道鲜美，口感柔嫩。因此，灰菜作为一种老少皆宜的保健食品，不仅为寻常百姓采食，而且登上了宾馆、饭店餐桌。

那日在堤上发现灰菜，特意拍了照片给岳母看，她愣是没认出这是什么品种来。待次日折了一枝，她才认清楚，但知道这菜从未食过，以前倒是常见，现在只有堤坝上才有。

还真是，这株，就是在门前的堤坝上发现的。

蔓莓子

　　老家"墩跟前"后面坡上是红壤，长的莓子最多。

　　莓子其实是覆盆子，花蔓一撮一撮的，匍匐于地，开白色小花，然后结绿果，大概在麦熟季节成熟，红艳艳的。叫覆盆子，大概是因为果实像盆，扣在果柄上。摘食时轻轻往上一提，就是一只美滋滋的莓子，甜中略带酸味。麦忙时节，渴时在沟里看到莓子，若久旱逢甘霖。

　　另有一种与之相似的野果，是长在带刺的藤上，叫蔓莓子。蔓莓子对生长环境要求不高，但通常生长于山沟、石砾、滩地及土层较厚处，尤其喜欢砂石土层，山林内、路旁边也常见。蔓莓子主要分布在陕西、甘肃、青海、四川等地区。

　　不料，杭州著名的景区十里琅珰也有。有一年突发奇想，约了家长去摘食，据说她最了解这一带的野草莓。可惜只要是女人知道的地方，一定是颗粒不剩，只在最险峻处食到几枚，解馋。

止溪自然也有大片的野草莓。相比于莓子，这些果实更像老家的蔓莓子。

其实，莓子有两怕：一怕灰尘，果实鲜嫩、裸露，一旦沾灰，几乎就是污染大杂烩；二怕下雨，果实太过娇嫩，被雨滴砸几下就变形，再浸泡一下就散架，若有虫子爬进去一吃，几乎就完蛋了。

止溪周边的堤上、道旁、地埂，都是这种蔓莓子。若赶上春季，一定能尝到最可口的野草莓。

有藤有叶，竟然无人识得这是野西瓜。

麻椒不够麻

　　南北东西饮食差异，除了在于食材，还在于一些特别的调味品。比如辣椒，本来宁波、绍兴一带人基本不吃，但现在浙江省已经绝少不吃辣椒的地方了。

　　但总有一些品种是非常不能通用的，比如大蒜。秦人不仅要吃，且要在吃牛羊肉的时候生吃大蒜。你看兰州或西安面馆里，那些大口啖羊肉的一定剥了一堆生蒜在旁边佐着。杭州姑娘不要说吃生蒜，就算是将蒜做到菜里，平时恐怕也要嫌弃。

　　又如大葱，东北人和山东人会直接用大饼卷了吃，其实甘肃人也是。我上学的时候，课间干粮就是几根大葱叶子卷着饼吃，真是人间美味。

　　又如香菜，面里没香菜，那怎么吃呢？火锅没香菜，怎么下咽呢？那日我同一姑娘乘车，她刚从兰州旅游回来，说兰州牛肉面不过如此。我说："你肯定不吃辣椒。"她说："是的。"我说："你且不吃蒜苗。"她说："是的。"我说："你且不吃生蒜。""那当然了。""你且不喝汤。""也是的。"

好吧，那她基本上就没吃过兰州牛肉面。

不过要说得吃，且在我看来，小时候自家种的芫荽，比今日市面上的香菜不知道好吃到哪里去了。芫荽长起，最起码一公里外有香气，今日的香菜得放到鼻子底下方才闻得到了点点气味。

甘肃和蜀地人民的一个共同爱好：麻。但凡菜品，必是麻辣，否则便不知如何做菜。

麻味当然来自花椒，老家称"麻椒"，以示与辣椒区别。我家老庄那里有一株麻椒树，每年秋季成熟时节，我们总要摘一些放起来，便慢慢吃。后来到我读初中时，花椒成为经济林木，政府资助秦安农民大量种花椒，现在漫山遍野不是苹果或水蜜桃，就是花椒树。

那日与家长和姐姐沿溪散步，突然闻到一点熟悉的香味，定睛一看，却是花椒成熟。但总觉得这里不该有这作物才对，认了又认，家长还是确定这不是花椒。

我看那形状，必是花椒无疑，便摘了一粒放嘴里，舌头开始不听使唤，这还能有什么好怀疑的？

又折了一枝带回去给父亲看。他看了，也觉得不是。这倒是奇了，问原因。他说，好的麻椒老远就能闻到，一粒就能把人麻翻，这个几粒放嘴里也没关系。

我道："麻的程度暂且不说，只说是不是麻椒？"

"那当然是的。"父亲说。

如果单纯从味道来看，很多作物可能要被误认。由于气候和土壤等各方面的原因，同一品种在南、北、东、西各地的品相和味道是不同的。西北方干燥、低温、昼夜温差大，水果普遍甜。其实是味醇。这也简单，北方水果生长周期长，水分可能少些，但味道反而更佳。若说海南的水果，则除了该死的榴梿，几乎没有入味的。

狗尾巴草

　　真是只要有地的地方，就有狗尾巴草。正如中华田园犬，不贵且贱，却生命力旺盛，到处都离不了它。

　　我将泥土堆成路，其他物种不见，狗尾巴草疯长。据说此物根浅，却极易燎原，哪怕枯死，一露即活。待到稍长大一些，便拔节生出一根细长的穗来，结满了千百颗籽粒，毛茸茸地摇曳在风里，仿佛调皮的小狗在抖动着尾巴。

　　我小时候经常将它误作谷穗，以为是瘪谷子，舍不得拔掉。以前老家作物产量低，什么都种一点，比如谷子、糜子之类，现在种得少了。谷子是黄小米，自不必说，糜子则少见。

　　在古籍中，糜子却是常见物，乃是稷、黍。唐人孟浩然《过故人庄》诗云：

故人具鸡黍，邀我至田家。绿树村边合，青山郭外斜。
开轩面场圃，把酒话桑麻。待到重阳日，还来就菊花。

可见，唐时，黍还是非常重要的作物，可现在连老家都不种
了，不知这物种还在不。

北方无竹，糜子果实可以做成面饼，略带甜味，其秆做成笤
帚。每到秋季作物下来，常见老人腰缠细麻绳，脚蹬工字架，旁
边放一盆水濡湿糜子秆以防脆断，扎笤帚。

一季下来，吃的用的都有了。

另有一种狗蹄子花，是我们野外放驴时的爱物。有些地方狗蹄
子花儿也叫"狼毒花""打破碗"，狼毒花应该是学名，名字凶
险，但花很美艳，应该叫狐媚花还差不多。花是一丛丛的，每枝

约12厘米长，梢头又是一团花，每朵花呈管状。它还有一个名字叫火柴花，因为花苞像火柴头一样圆润且撑不开红包，一开却是雪白雪白，小而娇艳。

牲口不吃这物。小孩子摘下花来，将花倒垂，编织成戏里演员用的胡子那样，便是一排花朵吊在胸前，另有两朵花勾在耳背，装演员，美到不想回家吃饭，更忘了牲口去往何处。

放驴生涯中，最有趣的两件：一是做柳笛，叫吹响响；二是用狗蹄子花编胡子，戴回家去，家长也不责骂。

柳笛做法简单，截刚发芽的柳枝没有芽苞的一段，在一头轻轻一捻，皮就松了，再将整个皮捻松，将枝从中抽出，皮就是一支管子了；再将一头的外层皮剥掉，捏扁，一吹即响。小孩子叫"吹响响"，名字真是直截了当。

不过，这狗蹄子花根系大，吸水能力极强，能适应干旱寒冷气候，周围的草本植物很难与之抗争，在一些地方已被视为草原荒漠化的"警示灯"。而在高原上狼毒花的泛滥，最重要的原因则是人们放牧过度，其他物种少了，狼毒花乘虚而入。倒也是，狗蹄子花只长在山背上红土里，那里基本不长草，只有狗蹄子花开得绚烂无比。

PART
4

溪有书山

　　人生早已过半，却不自知。今在乡下修葺筑老巢，却无意想起过往数事，颇值一记。其中一端，乃是工作过的六个城市各有好友数人，不得不念。

　　想我的人生，一半是赶上了好时光，2000年前一年大学毕业，正值中国加入全球化的红利开始释放，兼之纸媒的辉煌也在眼前，竟然获得了相当程度的个人自由。具体而言，便是在一个城市待腻了，想去哪个城市，便辞职走人，到了那地方再找工作的事也发生过好几回。如果归结成一句话，乃是"脚踩西瓜皮，溜到哪里算哪里"。有人乐之为游戏人生，其实我的人生理念固执得紧，不过是借着自由的风气给自己增加一点阅历罢了。

　　当我在杭州定居下来时，同龄人已是生子的生子，有房子的也有了好几套，我都还跟毕业生一样贫困。所以，在2016年这样的年份，我又总结出一句话来：世道不好，不跳槽、不创业、不离婚。

不跳槽，是因我的痛彻感悟——跳槽穷三年，若是跨城跳槽，乃是穷六年不止；不创业，是因大势所趋，我等凡人，市场向上，做什么都赚钱；市场向下，做什么都亏钱；不离婚，乃是因为此时更应共度时艰。

如此看来，我其实还是有些打算的，过于冒险和草率的事情，也并不一定会去做。

就比如写作这档事，本来一发表就片纸不留，不像有些写作者那样，会将自己的文字小心留存，以便将来结集之用。而我则像大学烧日记那样，从不留只言。有时，字纸意味着不祥。那日跟友人相谈，不意说出"似应自行写好传记，以免后人无人研究朱子一"这样的大话来，自己也觉得无耻到好笑。

却因前年一场骨折，卧床不起，竟治好了我对文字的无大耐心症，先是写了怀乡作品《阳坡枣下》，接着应一位领导的推荐，有幸参与了一本家训类书稿《看见传承——江南十大家族启蒙读物》的撰写，其间还拉拉杂杂写过一本尚未完稿的《八卦半》，现在竟又有了这本《去乡下盖间房子》。书名本叫《止溪——又见芦花飘荡》，可朋友说"你这书一点也不文艺，不如直接些"。现在这书名虽然平实，但感觉没有那么狂野，收敛也是好的。

从渭水河畔到钱塘江畔，从渭上蕹荻到北营芦花，从老爷山到径山寺，从枣下到止溪……看看来时的路，就知道这一切都有定数，不要急，时间能够修理一切。

止溪天光。

情怀在逃跑

在接受《钱江晚报》美女记者陈婕采访时，我其实正在经历着一场"逃跑"。

做了十八年的媒体人，越来越想逃离；原先设定好的民宿之路，未必是我所擅长的。进退之间，便有了另一番挣扎。

从这番挣扎中解脱出来，首先是找到了一位漂亮、温婉、富有情怀的合伙人。她的出现，仿佛隧道尽头的那束光，刹那间让人开心起来。

其次则是非常幸运地调动了原先的工作，从媒体转向老年教育，这是个同样需要情怀、乐心以及开创精神的工作。它让我从原先的轨道上顺利变轨。

不好意思说的是，搞民宿这件事，我自己也在慢慢抽离。它是情怀的产物，但一定是一个静笃的去处。像我这样好热闹的主，能否真正待在乡间好生安养？历经了三年的营造、装修，我自己也开始怀疑自己。在接受采访时，我已经比较明白地说到这件事了。当时的情况是，民宿是一个退守田园的取势，而人在外面，还有更多需要冲锋陷阵的事情去做。

前方在召唤，你不得不做出回应，比如说老年教育这件事。它也事关情怀，事关营生，事关积德行善。

乐大姐决定与我们携手同行，帮我解了这个围。后来听说有一位在媒体工作过的湖南女生在长乐林场那里买了幢别墅，要改造成猫主题的民宿，有过众筹的操作。专门找她们了解过，却又没有过多地关注。我知道，兴头上做的事，不要去浇灭人家的兴致；事关情怀的事，最好用情怀去说服，如果不能，那就用冰冷的现实俗务去压服。

8月份，正好一位朋友又托人来问有关民宿的事，被我狠狠地浇了几盆冰水。

这位朋友曾经从军，应该也是有几把应付某些方面叨扰的刷子。只是最近战友们来杭州旅游多，他颇觉住酒店不便。若能开办一家军旅特色的民宿，岂不美哉？

我道，军旅情怀可能比文艺青年的情怀更加坚固。但若要做成这件事，仅凭情怀肯定不行，还须有可以自由支配的时间和金钱。当然，光有时间和金钱，没有情怀又万万不能。

听了他们的预算以及选址，我觉得成功的可能性不大。还因

为，文艺题材相对要宽泛些，而军旅题材则逼仄得多。恰恰喜欢
住民宿的客人可能以号称发呆、洗心革面的文艺青年居多，鲜见
粗人去住民宿的。恐怕大通铺更适合军旅题材！

　　当然，后面这句话我是没有说出口。我分析了财务问题、客源
问题、定位问题，供他们参考。听得出来，那边应该是在啤酒摊
上撸过串。我不好过于打击他们的积极性，但情怀这事有时是很
害人的。本着治病救人的目的，有些话，我还是得直说。

　　我说这话，是有来由的。总会有人跟你说，要是在乡下能有间
草屋，此生足矣。你真把地方给找好，他左一个推托右一个没空，
叶公好龙者，十之八九，怕还是少算了。

三人奠基。

乐大姐

　　找到合伙人乐大姐的过程颇具戏剧性。

　　径山片区民宿之风已盛。那日在双溪一家酒店开完会，便陪自杭州大学毕业的一位领导去看看"老杭大"民宿。

　　这是一家以缅怀已经被并入浙江大学的杭州大学为主题的民宿，主人是一家房产公司的老总，曾经也是一位媒体人。

　　两位校友扯起前尘往事，我辈便有闲暇可以聊天。正好手机没电，跑到前台借充电器一用，顺势说起我也在附近侍弄房子，问有没有好的管家推荐则个。

　　跟我搭话的波大姐说，正好有位小姐妹也在找房子开民宿，倒可以问问看。

　　这位小姐妹便是乐大姐，其时在绿城房产做产品设计。

　　初次与他们沟通，我是又喜又忧。喜的是，这一对小夫妻也是读书种子，沟通起来毫无障碍，更重要的缘由，当然是害死人的情怀；忧的是，怕他们也与我一样，是个只会喝茶却不会倒水的主。

有一次约好看现场，乐大姐有位同行的朋友可能属于自来熟的那种，而我生性腼腆、慢热，实在是不知道该怎样搭话，弄得有些小冷场，此后彼此竟断了联系。

这应该是发生在 2016 年下半年的事。

转眼就是春节，活到这把年纪，已经讷于拜年，却恰恰问候了乐大姐一声，还关心她是否找到了合适的房子。按理说，她应该老早找好了。我之所以多问，纯是好奇她做出来的房子应该是什么样。

岂料并没有。那便再谈谈？

那就再谈呗。

哈哈。其实，他们夫妻也是很有意思的人，一来性情平顺，二来也不计较钱财，三来对于庄院的规划理念与我们完全一致。有此基础，合作谈判进行得异乎寻常地顺利。到了签字阶段，两个女主人签字即可了，两家男人都不想过问了。

签下来之后，最开心的是乐大姐的父母。他们可能也是生于乡间，现如今困在城里，如坐牢笼。这下好了，不顾晴雨，他们带着各色种子播撒其间，劳作之余，竟把我辛苦从大西北引入的一些作物当作杂草给锄掉了。

一日巡视田间，发现后惊叫家长来看。两人就是否提醒乐大姐父母产生了争执。我道，还是要说一下的，两家人同住一块地，有些作物互相不认识，要事先提醒好，免得损失；家长则认为会伤了老人的心，也不用特意说。

可我嘴快，还是说了，也不知道老人有没有介意、挂怀。

乐大姐做事，与前期设计的老朋友蒋卓见无缝对接，很是惺惺相惜。但她似乎是个慢性子，不急不慌，把个装修拖了大半年还没个眉目。有一次我实在忍不住问家长："乐大姐这是在绣花？"

"你懂什么，前面你瞎指挥，做了那么多返工，现在乐大姐做得这么好，你管好你自己的老年生活就好了。"

好吧好吧，两位女主果然已成好搭档。家长有时会禁不住赞叹乐大姐又专业又下苦，真是个不错的好姐妹。

每当此时，我会问她："当初我与波大姐搭讪，你就攻击我到处勾三搭四。如今却说乐大姐好，难道乐大姐不是我到处勾三搭四勾来的？"

家长永远有的是理由："那又怎么样，说你勾三搭四还说错了？"

好吧好吧，没有错，就是勾三搭四，认了还不行吗？

我种下去的沙棘，长着长着，一株也找不到了。

乐大姐的眼光高远。

我有一碗酒，
换你一本书

自从被人认出来是读书人之后，就有朋友馈赠过一些自己的著作，要生孩子了，也有朋友将自己认为好的育儿书籍买来赠送。

没有什么东西，能像书籍那样，让人念想，历久弥新。

我有一间屋，要是能写字画画，也能读书扯淡，那是不是另一番光景？

止溪的初心，仅是在一个风景优美的地方有座院落，可以与友人相聚。方案慢慢完善起来，就有了更多的诉求，因为再好的风景也有看厌的时候，而有些东西永远不会，比如读书。

百无一用是书生，可要打动小姑娘的芳心，书生还真有一套，不信你看看身边那些个，哪个小女生不是被书生勾走了？

况且，朋友们带着孩子来玩，总要让大人孩子各有所好才是。想来想去，觉得有个书吧不错。但又不想独享，便主动向村里申请，可否在这里设置一个"农家书屋"。这是全国性的农村图书馆项目，现设在村老年活动室里，打牌的比看书的多。我觉得，这事让我来做，变成一个村里的公共文化沙龙可能会更有生气，也算是我为村里"做了一点小小的贡献"。

坐在书吧里，可以看书，可以聊天，可以晒太阳，也可以看孩子们在草坪上玩耍。我能够想象到的享受，朋友们一样不落地都要享受到，这才不辜负我和家长一片心意。

但我考察了几家书屋后发现，所列图书多半是地摊产品。被借阅最多的，是那些下流东西。这不是我想要的。

书吧的位置选好了，可是以我的"犟心"只怕会选来千篇一律的作品，这可不是咱这样的多元主义者做的事。

我需要一些好书来给这间屋子添香。况且，我不想把自己不熟悉的书放在这里。因为相知而相逢，才是最美的相识。

于是，我想以酒换书，向大家求助。

若你写过书，能否签名赠我两本？若你读过好的书，能否舍爱相赠，并附上推荐语，签上您的大名？

不要问我有什么回报，若你来到止溪，一碗家酿米酒还是赠得起的。

若你肯了，我将整日与朋友们相伴，哪怕我老去，每看到一本书，就能想到一位老友。

如果有关于这本书的故事，也请你写下来，与书本一起寄来，

我会小心处理好，成为
这本书的一部分。

　　每本书都有它与朋
友的故事，我将生活在
朋友们的故事中。

　　若有可能，我将邀
请朋友们一起来做沙
龙，在止溪，做一回
文青。

顺着这楼梯，就能看到书的洞天。

书后的主人

　　我的一贯套路，是强买强卖。有主动响应的，自然不去打扰；若有没反应的，主动打上门去，问他有什么书要提供，否则从此与其恩断义绝。

　　时间未到，主动打上门去讨书的行动尚未开展。主动赠书的朋友中，有一位比较特殊。

　　他是止溪开建时帮我们工作过的一位挖掘机师傅。

　　对，就是一个开挖掘机的师傅——周建林，人很帅，活儿很好，关键是人品也很好。干完活儿，听说我写过一本《阳坡泉下》，正巧他也生了场小病，便微信向我买书。我手头正好还有几本，便说赠他一本。

　　我本欲找个时间送过去，他却派了他的母亲亲自到家来拿。那阿姨与我岳母攀了阵家常，便拿了书去了。

　　这事本已到此为止。我要办乡村书屋的微信文章一发出，小伙子便发了张图片过来，问"这个行不"。你知道是什么书吗？普利策新闻摄影奖、世界新闻摄影比赛大奖得主：《黑镜头——西方摄影记者眼中的世界风云》！

　　我要哭了。我于媒体行业从业十八年，反倒是一位开挖掘机的师傅给我推荐了这本书。

　　当然，他只给一本，都给的话舍不得，他要留两本。

　　一问，原来小周师傅真的是博览群书，读过《格列佛游记》《孤筏重洋》等，听得我直发愣。

　　当然，他最喜欢的书中，有一本是《阳坡泉下》，因为这是本有年代感的书，且是一个一个单独的小故事，看着也轻松，随便翻到哪一页都可以。

　　正如槛外人所言，其实每本书后都有一个故事。这个故事，说不定就是我下本书的题材呢。等书筹齐，故事也齐了。

　　这该是件多么有趣的事情。

　　却说那日，四夕神秘兮兮地来讲："我有一本书，不知道你喜不喜欢。"

　　我说："凡你送的，都喜欢。"

　　又有朋友说，他有一本书很小众，估计我也不喜欢。

　　我说，这个图书馆，根本不可能是私人性质的。既然这图书馆是给大家看的，那口味自然也是各式各样。如果所有书都是我的口味，那估计一个书架都摆不满。

要知道，我对书的要求，可能比对女人的要求还高。正经瞧得上眼的，着实不多。所以，给他人推荐图书，也是翻来覆去就那几本。

这才收了几本书，我就发现了一个真理：找什么样的女人，体现了一个男人最隐秘的心思；读什么样的书，甚至比找女人更隐秘。因为前者还要受到很多外部条件的制约，而后者则纯粹是个人性质的，可以不受任何外力的作用而独立运行。

四夕亦不例外，他做了一件灵异的事情：赠我一本生活大全。翻了一下，里面有怎么用醋杀菌的内容，也有怎么锄草的内容。

嗯，后者也用得上。

对了，一个互联网公司的朋友，那日跟领导闲聊时提起她一个朋友在做民宿，要整一个跟别的图书馆完全不同的图书馆，且要每本书都有人推荐、签名。那领导听了大喜，次日即推荐了四本书，托她转交。

期待，不知是什么好书呢。

说好了的，你说了算。

一个读书女种子，名叫作 Lissa，在一个大学教授那里看到止溪书屋的求书启事，决定参与一下。她一上来就问收书作甚，我道是给朋友们看。

"我这里的图书，只怕没有多少适合农民读的。"

分封众建，即封建。这屋，集众人之力之智慧，也算另一个"封建"。
盖因如此，方显得繁盛。

　　放心，往来无白丁。这书，本来是准备给所有人看的，来看书的本地村民，只怕是两成都不到。

　　"那你能为我推荐几本好书吗？"

　　这个是自然。果然，好书的人，都有对书的贪欲。这个时候，也不忘了给自己一个读好书的机会。

　　过了一夜，发来一张照片："挑吧，两本。"

粗看了一下，中意的是《这么慢，那么美》和《流血的仕途》。但我马上忍住自己的冲动，不告诉她。

我跟她说，其实不仅是缺书的问题。本来，我可以邀请一家杭州有名的民营书店入驻，但这样做的话，这个书屋一定是有着非常鲜明的朱子一的印记，或者书店老板的印记。就是为了避免这种情况的发生，以保证图书价值观和审美趣味的丰富性，我才厚着脸向朋友们伸手。如果让我自己选，拿到的仅仅是书，而不是你的趣味。

"我不仅要书，还要你的趣味！因此，不能以我的视野影响你的选择。"

说好了的，你说了算。

当然，Lissa 最近不仅选出了两本书，还附带着评论了一下："坚决不推荐潘石屹的书，那人精得跟狐狸一样。"

哈哈，我就是觉得，目力所及，潘是难得的有视野又有混世能力的甘肃人。

王博士自称送了一本"俗书"。

很多年前，业内知名的张志安博士还在复旦大学工作，与香港城市大学一起做了一个中国调查记者的调查，抽到我，做过一个问卷调查。因为当时我已经离开调查记者岗位，就没有做访谈。

时隔五六年，张志安博士早已在广州工作，但这个研究竟然还有后续。大约是去年底的样子，已经无法正常打开的 Gmail 邮箱意外接到了一封邮件，来自香港城市大学。这次是一位姓王的美女博士，要续做这个课题的研究。

我觉得很有意思。王博士也很有意思，这几年间，物是人非，回过头来看，必定有另一番感慨。更有意思的是，她发来调查问卷征求我的意见，问是否可以有更好的问题角度。

我哪有这个能力呢？只是对业内稍微熟悉一些而已。一聊，她竟然有更好的研究课题同时进行，但我觉得，那个研究风险大到无边，并不建议做，且能完成的可能性委实不大。而我想到的另一个研究课题，她也觉得有趣。我自知学力不济，她还来问为什么自己不直接做了。我觉得汗颜，直告没有这个能力。

这样未曾谋面而坦率的交流，其实属于我们上一代人在 BBS 时代形成的共鸣。如今网上硝烟四起，早已无往日讨论议题时的谦和与美德了。

这次，她怕学术性的太强，便挑了这本书，粗粗翻了一下，也觉得其实不止于做学术，哪怕做人做事，也是相通的原理。

我觉得，这本书，其实推荐给所有人看看，必有教益。

师妹来访

2017 年 4 月 29 日，室内装修终于开始了。碰上五一假期，原来在央视工作的一个师妹问我有没有空接待，说她想到大径山看看。我说："干脆约上你熟悉的省台一个师弟和省报一个师妹，一起来，大家热闹些。"

她们带了家属，有老有少，老的六十来岁，小的一岁多，我便有意不给他们安排那些人太多的地方，比如径山寺之类，而是带他们体验我们的生活，消停些。再说了，那些场合，拍照好看，却未必有趣。

女人出门，又带着老人、孩子，到这里已经快中午了。我便带着他们去看了下止溪。既然是亲友来访，总得到现场看看。爬至三楼，登高望远，四周皆是山脉，绵延如黛。楼下都是茶园和竹林，当然还有我种的各式各种的树。

师妹其实是想住一晚的，但前日与熟悉的民宿老板朋友们问了一圈，全是客满。家长有朋友想来住几日，要求五个房间，托熟人找到夜里十一点多，还是没房，只好作罢。虽然早知我比较熟悉的千岱山居和"老杭大"民宿无房，但我还是问了一声，果然客满。

征询他们对午饭的要求，因师弟是我天水同乡，便特意提醒：若想吃浆水面，则只能在家吃，其他人，煮一大锅笋，再加几个素菜，也能凑合；若是对浆水面没什么感觉，便到外面吃吃，也有很地道的乡村土菜。因我岳母年纪大了，做一桌菜，也有难度。师弟一口便说要在家吃浆水面。我说，这面其实是经过几道改良的，确有相当说头，在家吃也好。

既然是天水同乡，必须看看我这浙江很有可能独一份的作品啊。带他认杏树，共九棵，其中八棵是老家的种子种出来的，一株是从河南移民那里买来的苗。可惜，这小伙子是天水城里长大的，竟然不认识。至于沙棘、刺五加之类小众作物，他更是闻所未闻。只有苜蓿被认出来了，还是阿姨认出来的。

你们不知道一个在甘肃渭北高原上长大的孩子对杏树的感情。一旦解冻，首先绽放的就是杏树红色的花苞，待雪水化尽，满树杏花下面长出嫩叶，才算是春天真的到了，还必得伴随一阵一阵带着寒气的春雨。远远望去，可能一丝绿色都没有，但土黄色的背景下，满天繁星似的杏花在大地上勾出一道道的花边，便有蓬勃生气。花繁不繁，直接意味着当年的果子有多少。

反倒是江南，四季绿色，这种突如其来的兴奋从来不会有。一夜之间，还没怎么准备好，桑葚已经成熟了，樱桃也可以入口了。

杏树耐旱，我们阳坡那么干旱的崖边上，那株陪伴我童年的杏花，虽然每年只稀稀拉拉结十几颗果子，但还是一直坚持到我大学毕业，每年结果，直到被父亲看不惯砍掉。只要我在家，总要看着那树开花、结果，一天天长大、成熟，熟一颗摘一颗。

舅舅家的院子大，杏树多，每年要吃杏子了，还得去舅舅家，带一竹篮回来，可以吃两天。爷爷种的一棵杏树，结的是新疆大杏子，成熟得晚，每年也能吃上几颗。

现在不一样。我小的时候，渭北高原只能种植杏树和酸梨之类的品种，苹果、梨树、桃树之类的常见品种是结不成果的。买不起水果的乡下孩子，一年到头，唯一能盼到的就是酸杏。

的确是酸杏。杏子成熟前，酸得人牙齿发颤，这时是观察谁家媳妇怀孕的好机会。谁家媳妇嘴馋站在树下摘酸杏吃，多半是有喜了。

而我那传说中穷得冬天只穿半截裤子、常年扛着铡刀吓人的曾祖父，每年只要杏子成熟，便与整村人不言不语，当作陌生人，只怕别人向他讨杏子吃。等杏子吃完，他才恢复与他人的正常交往。

却说，其中一个师妹是天津人，她妈妈在这里迈不开步了。五一到了，溪中已有漂流。这位阿姨说，原来这就是漂流啊，真没想到。她一看这里的野花野菜，就开心得不得了，采一阵覆盆子，又看到了竹笋："原来南方人的日子是这么好过的！"又到溪边，看到一丛丛的野葱，阿姨说这是好东西。我说，一个老领导前年来这里玩时特意拔了几棵，种在自家阳台上，一直吃到现在。阿姨一听原来还可以种植，马上来了精神，拔了一把又一把。其他人都走了，她还不想走，非得我提醒才放弃。她说，这要结籽了才好再种吧。我说，不用，只要不把葱头挖出来吃掉，葱头便一直分蘖，不用担心绝种。只是那野草莓，喜欢长在石缝里，不好挖，我怕耽误大家的时间，只挖了一株便说溪边也有，不用急着挖。不料阿姨甚是执念，一直到午饭，还在念叨这事。

看这样子，不多挖几棵是不行了。我便带她们到老屋后的竹林里，先挖了些笋，再带到附近的溪边挖了整整一袋野草莓，她还是不够心满意足。我看大家都要急着去水库玩，只好哄她开心，改日再来。

去了水库、同安顶，看了方腊学艺的那块巨石，再去一家农庄看了正在盛开的映山红。上周大院里一个单位工会活动，就在这里吃的饭，我去接同事玩，看到了这里开得漫天艳丽的映山红。

这些映山红长得如此巨大，没有三四十年是长不成的。前段时间，有人愿以若干价格卖几株给我们，我们一听价格就吓趴了。其实，去年就讨论过这事，说山里哪里有较大的株，可以移几株下来。但一到今年开春，诸事繁多，此事也就不再提了。

　　看完映山红，樱桃已然成熟，便到园子里。却说进这个园子要等一周，主人不在，家里的小姑娘专门来往带客，去另一个园子。

　　老板娘还认得我，因为去年我带同事去采过，同事看了一眼没兴趣就走了，所以给她的印象比较深刻。

　　次日一早，说是要去看望怀孕的表妹，便带儿子去采些覆盆子带上。却见桑葚已经泛红，赶紧采了给儿子吃。小子一开始还不敢吃，以为是我给他使坏。见我自己也放在嘴里吃了，他才咬了一口。问他味道怎样，说不好吃。我问真不好吃吗，他又说好吃，于是要我摘了一把又一把，直到把成熟的摘完。

　　自我天天念叨止溪，师妹们也都行动起来了。最近白师妹就来说，她家夫君是富阳人，也该盖这样一间房了。我道："该的该的，只是你要做好三年大战的准备。"

止溪是吹牛的重灾区吗

冬春四季，止溪皆宜。每抵止溪，拍照一二，踌躇再三，偶发一二，然后坐等好评如潮。

有位风雅的老先生，看过之后，做成相册，配了音乐播放，言退休后可借屋一间，乐居半年。

人的一生，尤其是女生的一生，就是用来比的：小的时候比谁的玩具多；长大一点比谁更能吸引异性的目光，有时也比比学习成绩；然后就比谁的大学好、谁的工作好、谁找的对象好、谁的孩子长得好、谁的孩子上学好、谁的孩子对象好、谁的孩子工作好、谁的孩子的孩子长得好、孩子的孩子——这应该是到了爷爷奶奶辈了吧。

我们的止溪，怎么就不能拿来比比呢？修建花了两年多时间，装修花了一年多时间。我那天开玩笑说，乐大姐在止溪绣花呢，按这速度，怕是再过两年也没法入住。

乐大姐买了房间的每一把门锁，选过各种床垫，考虑过人身能够接触到的地方如何舒适安耽。怕是对她的新房也没有花这样的心思吧。反正有的是时间，她把一个设计师所能想到的妙处全在这里实践。

我也不好催。之前催了很多事情，结果工序不配套，被迫做了很多返工，被家长各种嫌弃。反正有了乐大姐，她是懂行的，听她的就是了。

家长本来也不急，但看着日子一天天过去，老人一天天老去，院子里的草长得人都淹没掉了，终于也是扛不牢，忍不住跟乐大姐商量可否加快工程进度。

乐大姐说"我也想呢"，可是要么选好的东西目前缺货，要么好的工人师傅不在，一般的师傅又不敢用。如此这般，凡事都要最好的，连房子的钢筋都已经三岁了吧。如果是个孩子，都要上幼儿园了。

但自从外墙粉完、玻璃安装好，进度就明显加快了，朋友圈里也敢晒了。以前在朋友圈里尽可能地晒娃，或者顶多晒晒周边的山山水水，从不敢晒房子本身。

就连一向内敛的家长也在朋友圈里发了一条。别人就一个问题："什么时候可以住？"

那天我嘀咕，莫不是都白住吧，那要亏死了。家长说："你当

面朝苕溪，芦花飘荡。
无马可喂，洗车看书。

年可是夸了海口，凭签名版的《阳坡泉下》可免费入住一晚，自己想办法去。"

我本以为大家早忘了这茬儿。可是宁波城里的周老师非要日日跟帖提醒，连杜师妹也看不下去了："周师兄，你这个问题都快成口头禅了，你还不死心？"

我赶紧跟上去："说话算话，但是，你是爱我的，你看着办。"

最近工作极是忙碌，一个小学生、一个幼儿园小朋友同天开学，都不知道送哪个才对。想要晒一下娃，想想还是算了，晒止溪才好。孩子谁家都有，止溪却未必。再说了，娃只是自己的，止溪可是大家的。不吹止溪，大家如何知止溪之美？

那日问岳父大人对这房子可满意。他只管笑笑，说"好的"，然后说地下室如何好用之类。他老人家，总是个实用派，不似我等只管搬弄情怀。

阿里和浙大网新的朋友日日问何时开业，以便组织团建；上海的一众同学，只是上次长三角聚会我因事未能参加，便罚我做一次东；上次买了书的家伙们，流着口水要求免费入住。

这牛吹得还是吹不得呢？

小院也曾花团锦簇

　　带着儿子回到岳父的小院，时已中午。看了一圈，两位老人也不知去哪儿了，除了那个祖传的石门槛还在，其他的都不在了。而且这门槛应该是忘了搬走，才留在这儿的。

　　儿子找了一圈，发现自己的自行车不在了，便叫了起来。这车是粉红色的，是一舟姐姐送给弟弟的礼物。原本家长还担心男孩子可能不太喜欢这种粉嫩的东西，结果儿子玩得起劲。

　　听说外孙的自行车不见了，正在仓库阁楼里收捡东西的岳父突然间就现了身，赶紧找了一圈，也没见踪影。我去翻婴儿床，他说不可能在这儿。我不信，再往里找，果然在拐角处发现了。

　　谁的东西都可能扔掉，唯外孙子的东西，老人绝对是不会丢弃的。

　　因为新居落成，老房按规定必须拆除。此时主楼尚未正式开拆，但通往二楼的楼梯已被砸掉，一家人不知住过多少夜的二楼房间，已然上不去了。在一楼厅里转了转，空空荡荡，几无所获。唯余墙上一些挂饰。第一次发现，这个厅其实就是以时间为主题的一个家族史展览馆。

正面墙上左侧有一黑一彩两张老人的遗像。黑色的是岳父的父亲的，祖籍东阳，走得更早些，只有黑白照。这老人家是有名的篾匠，要不是移民至此，留在东阳的话，必也是木艺大家；彩色的是岳父的母亲的，祖籍平阳，祖上在"长毛"作乱时迁移至此。墙上正中大红喜字，是我们结婚办酒时贴上去的，一直未取下来。平日里没注意到，现在才觉得喜得触目。再往右，是一座古老的钟。从没注意过它走不走，今天才注意了一下，时间竟然也是对的。

左面墙上，是儿子周岁时拍的裸照。我一直很抗拒做这种事，但家人非要拍、非要挂在这儿，那就随他们去了。

右面墙上，是岳父题写的三首诗，分别是讲双溪镇、四岭村、张家人的。写地方，自然是自豪满满；写张家，自然是家风代代传，最后一句便是"仕村张家五代人"，到我儿子这一代，正好是五代。对移民来说，五代可以算得上老户了，按照乡俗，应该算是开枝散叶、扎根本土，终于不是受人欺负的外来户了。

岳母祖上则是河南移民，他们家族好像曾经跑到河南的信阳市光山县去寻根问祖过，不知后来怎样。从祖地来说，中国的南方人，要么追到河南，要么追到山西，反正河南也不差这一门，知道一下也就好了。

至于岳父一门，则在通讯很不发达的时代竟然凭着地址不详的书信联系上了。他们曾经也在东阳入过谱还是怎么的，但随着光纤时代的到来，彼此之间的联系反而少了，据说有的留在东阳发了大财，有的在西安从政，总之都很光耀门楣。

当年好像也很奇妙，彼此就写写信，怎么转来转去能联系上呢？现在音讯不大通，想来也是寻常。随着上一代人的故去，彼此之间的联系只会越来越稀薄，直到谁也不知道这条线。

这三首诗本来是岳父所作，儿孙出生后，老头儿开心，专门花钱请了本地一等一的书法家书写了横幅，裱好，挂在这里。现在裱好的字画被拿走了，又露出藏在里面的旧作。

儿子抢出了他的自行车，自然欢天喜地。岳父老头儿也不再讲究，将抽完的烟头直接扔在地上，烟雾袅袅升起，迎着窗外透进来的光，成团、成线，在光柱中变幻着形状，又与墙上儿子乱画的图案纠缠在一起，时而实在，时而缥缈。

朝南的墙上，除了儿子的涂鸦，还贴着著名老中医魏康伯老先生的一幅字。魏老先生是胃病专家，有一个有名的诊断——"胃喜为补"，深得那些管不住自己嘴巴的病人的喜欢。有段时间家长胃不舒服，非要看中医，我便带她去请教了魏老先生。老先生不但给看了病，还送了我们一幅养生诀。可惜，那天被儿子直接在上面画了个不得体，很是对不起魏老先生。

从后窗看出去，石榴还没有红，带着点点黄。想着今年可能吃不到火红的石榴了，便有点点伤感。去年，家长就是坐在厅里的沙发上，带着两岁的儿子一起吃石榴。石榴红得鲜艳，连我也忍不住尝了几颗籽。

院子里停着邻居家的车。这院子在村子中算大的，经常有车借地停放。看到儿子在院里骑车，便想起曾看到过的一张照片，是家长和她的姐姐、姑姑、母亲四个女人的合影。那应该是这幢小楼刚刚建成的时候，带着农家特有的土气和喜气。

据说，当时岳父在矿场工作，一家子经济上还过得去。这小楼，是工友们帮他一砖一瓦盖起来的，结构异常坚固。只是楼板是预制板，因此偶尔漏水。但因为一直在盖新房，岳父也就懒得花钱去维修，于是一直漏着，直漏到雨天要拿脸盆接水，或者水漏到正墙上，留下斑斓五彩的水渍。

我提醒岳父，这些照片啊什么的还是要收起来的。他说，那是自然。

东西搬空了，突然很寂静，连钟表的声音似乎都能听到。也不知道这钟表总共计了多少时间。但只有一代人出生，才算是真正具有意义的时间，其他的，无非是日子的简单重复。对岳父来说更是如此，诗的最后一句"张家 N 代人"，这个 N 从四变成五，意味着一个家族生命的延续。我能理解他这种感受——对于传承

老屋旧影。其实，建这屋的时候，家长还很小，有张照片，我看过。

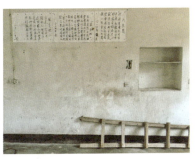

搬空后的老屋里，墙上有岳父手书的他平生最得意的三首诗。

最后一面墙，岳父参与了拆除。

入了新居，隔窗看着岳父打电话，派头也是有的。

和生命以及未来的心满意足。

翻了下老皇历,公历 9 月 2 日,农历七月十二。按照甘肃老家的谚语,"七月十二,辣椒茄儿",可是刚刚在新房院子里看到辣椒都变红色了,南北差异,连古话都不当真。

在皇历上,公历叫阳历。中国人真的是搅拌能手,把一个阴历,活生生加了个闰月搞成了农历,又把公历偏偏叫成了阳历,而老皇历上的说法又能保持不变。

比如今日,便是"宜移徙",正好是搬新家的好日子。

邻家大姐问岳母:"好可惜的一株柚子树,也要移走吗?"岳母说:"应该是的。""那门口这株毛栗子呢?"岳母仰头看了一阵,说:"太大了,这树不值钱,要么就不移了吧。"又说:"怕是移不动。"

是啊,小院也曾花团锦簇。

还 是 年 轻 啊，
控 制 不 了 自 己 的 惊 喜

山居秋暝。

老先生退休了，留下了整整一面柜子的书。

那日我在朋友圈里发了张书吧的照片，他跟了个帖。我说："你若有书赠我，则更美好了。"

便约好了改日去拿。

以为就他办公室里那些，选几本意思意思就好了。

那日他电话来，说："要的话，到图书馆那里去拿。"我一想，原来老人家的书都放在图书馆里供大家借阅啊，真厉害。

到了一看，才知道他有一个专柜。想来汗颜，我这么热衷于办一家图书馆的，那里现成的图书馆，十几年来我竟从未进去过。

馆长带我们去。整整一柜子。细看，却并不全是好书，至少相当部分是各种蹭当下热点的读本，可能生命力只有个把月，时变书易。

越过这一格，却见一些好书出来。正犹豫要不要搬，万一老先生舍不得呢，正好他也来了。

"搬搬搬，没问题。"

那就撒着欢搬了。老先生站一旁看了一阵，就知道我要的是什么书了，便也帮我选。果然，选的很对我的胃口。

的确，看一个人，看他喜好什么书，就全知道了。

搬着搬着，他说："不对啊，你一本新闻方面的书都不要？"

我头也不回，说："不要不要。"

"干了十几年新闻，就这么一点感情都没有？"

那还是有的，但这些书也说不上与"新闻"有关吧。

哈哈，其实最后这句话，没有说出口，腹诽了一下而已，否则太伤老人的心了。

"这小子。"老先生这话里，应该大半是叹息，小半是感叹我的决绝。我这么犟的人，谁也不会试图去改变。

我装了两箱还想拿。老先生一遍遍巡视，却再也找不到有趣的书了。书架开始变得有些空了，但毕竟还有三分之二的书在架上，此时却只被我们视作废纸。

却突然看到了一本书：《喉舌》。

这本书，十几年前初到杭州时，便听人提起过。那书里讲的是一个报业集团里面各种声香味触的故事。有些人马上对号入座，一切蝇营狗苟全被剖开。这本书一出，作者自然无法立足，虽已离开了那家报纸，但他身后的骂声一直传到我这样的进城务工人员的耳朵里。

老头儿重又仔细翻了一遍，也自认剩下的书多半没什么价值，去止溪的人估计永远不会翻这些东西。

还是有些伤感。劳动了一辈子，积攒了这些财富，回头一看，可能还是有些毫无价值的东西。就像我岳父，一辈子弄了个院子，到头来我们还看不上，非要搬到别处。这种价值失落，有些一朝梦醒的味道。

还好，有三分之一的书是非常有质量的，老先生交代一定要好生保管。我说："放心，设个专柜，每周请你来巡视一遍。"

当晚搬回家，正好一家报纸的总编辑朋友来家做客，翻了几本便放下。我说起，其实有本书，我已经拿了，只因一声惊呼，又被老先生收走了。

那书是如今一位局座签名赠的，这书无论如何，老先生是不敢送人的。

"哈哈，你要是拿了就走也就拿了，你这一嚷，肯定是没得拿了。"朋友说。

我还是年轻啊，控制不了自己的惊喜。

我 知 道 这 是 很 对 的

紧赶慢赶，"十一"假期，无论如何要入住。只要不入住，这里就是工地，而一入住，就是个家了。

这个假期正好也是中秋，时间上也美气。

上海的大学同学老早就说要来住，我说"好的好的"。结果，一周阴雨，庭院终究没有收拾完整，以一处工地的面貌迎接朋友终有不妥。但是朋友们毕竟是来道贺，也不用太重面子。但没有拿出最好的东西待客，缺憾还是有的。

来者中有上海的商人兼文人，也有北京的媒体人。对于这里的光影与风水，众人自是赞不绝口。各色用具也是美不胜收，却不料说枕头太软，有人竟听了一夜蛙鸣。

这话我不太信。睡前喝酒聊天，倒也听到过几声鸟叫蛙鸣，但睡后"死猪"一般，哪有什么声音。

他们带来的一些书籍，加上先前朋友们寄来的，在地下室暂时安了家，按照不同的类别，进行了归类。堆放的时候，突然想到了《琅琊榜》，没有立起来放好按书脊查阅，而是躺着放。几个朋友提出来，我都答之以古法。

归类以题材近似为原则，比如政治类书籍的背面是《甄嬛传》之类的后宫小说，新闻作品的背面是媒体舆情应对之类。

把这小小书架放到朋友圈里一晒，就有人主动上来说，他有什么书，要求寄来放在什么位置。一位师姐，干脆拿一套金庸的小说来，要求入住。

我在想，早前《我有一碗酒，换你一本书》喊了那么久，只收集到这一架书。现在只需一晒，就激发了很多人的念想，看来真的是眼见为实。或者用这位师姐的话说，这算是我真正做成的一件事。

好吧。这事，其实也并不是我做成的。用某人的话说，我做梦，她没日没夜来实现，这算什么事？

那日聊到深夜，我对朋友说，来这里玩的，应该也有点文艺方面的特长。除了地下室里的书画桌，晚上完全可以请来宾中的音乐大师，在草坪上办一场音乐会，那该是何等美味。

总之，一切自娱自乐。如果实在无人可以献艺，那我就讲八卦，也能度过一两个小时。这几年下来，扯淡竟成了我一项也是唯一一项特长。

另一日去老宅搬书，发现岳父在睡午觉。突然想起来，每日操劳的老人家这一日都没来新房。再一看，原本挂在那老屋墙上、后来收起来放在箱子里的上辈人遗像，竟就放在他身边。估计他是睡前看看父母的照片，看着看着就睡着了。这老头儿就是这样。有一次他带着儿子出去，那时儿子只有一岁多，他坐在石条上，直接就睡着了。还好，小孩没摔到地上。

看到床上这情形，我当时就愣了，然后默然好久。对老人来说，他一生置备的家业，算是全部被清理了。因为老宅不拆，新宅不让盖。一直拖拖拉拉，现在是到了交割的时候。

也正好是这段时间，师兄十年砍柴写了篇文章《这个长假，别人出国游，我回乡村盖栋屋》，讲述他为了满足母亲将根留住的心愿，最后放弃经济上的盘算，回乡盖房的心路历程。

这篇文章引发了该有的反响，张丰在腾讯大家头条发表了《70后知识分子，从进城发展转向归乡建房》一文，认为这是中国城乡关系的另一个纬度或者正在发生的变化。

有朋友认为，这论调完全是扯淡，无非是为了保住农村的土地和其他资产而不得已进行的行为。

从利益分析的角度，这应该是确实的。一个悖论是，政府为了尽可能地获得农村的土地，对农民建房进行了严格的限制；但为了保住农村的资产，已经离乡进城的青年却不得不在农村建套房，反而为农村建了更多空置的房子。

我们建这房子的起因，也是岳父一直在说的，如果我们不建房，等他故去，我们就被连根拔起了，因此不但要建，而且要快。

至于后来的建造过程，一直是在调整中度过，直到现在。朋友住了之后，他们的父母尤其坚定了在农村老家盖房的信念。但我还是那个观点：中国一定会形成大都市圈。凡都市圈内的，有价值；都市圈外的，不要说农村，有些小城镇都可能会被废弃。农村资产的价值，如果在圈内，可能会不断增值，在圈外，只怕会不断贬值。

这当然是一个过程，不会一两天就变成现实；也是一个偶然，谁放弃谁不放弃，权力和经济运行本身都会导向不同的结果；也是一个心意，当你的目标在利益考量之外时，在圈内还是在圈外，其实根本就不重要了。

茶园边的生日会

乐大姐说："我们要包装一些农场礼物，得有个标志，好请人设计个。"我说："此事须得莎老师才好。"她做的东西，观者无不感觉万般美意。

请了她去乡下住一日，正好其父——一位著名的画家——在杭州办展，便也请来一起。待到晚上聊天，才知次日是一个客人的生日。这便是欢上加欢。

正好要给地下室配一张画桌，须去厂里看看。几位画家一听，也想去看看。到了黑咕隆咚的高大厂房里，我们还没确定下来，反倒是莎老师的儿子看中了一些小木头，说要弄回去做飞机。

我说："这还用声张啊？趁着老板不在意，赶紧偷一些搬车上去啊。"

这当然是个玩笑，小孩很认真地选了些废料。次日下午，便看到他和爷爷两人共同完成一架木飞机的朋友圈报道。当然，此是后话。

晚上，画家想喝些白酒，便把台湾欣宜小姐送的金门高粱拿来，两人把一斤干完，回到家来，我已不省事。

据乐大姐夫妇后来记载，一回到家，我就嚷着要跟在中国美院当老师的王师喝，非要上红酒。王师被逼无奈，只好干了一瓶。

次日，忽听得楼下人声鼎沸，原来他们正在吹蜡烛庆生。而我此刻正在被窝里疗伤，连起床的力气都没有了。

门外就是我费尽心思保留下来的茶园，此刻在雨中苍翠欲滴。

原本，房子要在花海中，这是乐大姐的美好愿望。后来再想想，还是我那个主意更美好：在房子周围遍植茶树，让这房子生活在茶园中，通体带着茶香，这才是声、色、味、触俱全的活生生的生活场景。

因为没有厨房，他们买了顶帐篷，支在茶园边上，不料大家都很喜欢。真把我惹急了，我就在茶园里做个生日趴的项目，欢迎大家来茶园里庆生。

下午下得床来，看着为我留下的那份残糕，想象了一下蜡烛燃烧的欢乐场面，便觉得那蛋糕也好吃了。

小楼今晨又取名

一大早，睡眼蒙眬，乐大姐的微信指示到了："帮每个房间取个名呗，你是高手。"

啊，谁说的？一个止溪的名，已经取得我人仰马翻，几天起不了床。这要取 11 个名字，还不得要了我的命？

你们真以为，学中文的，写文章取名字一点都不费神？

那比做道数学题难多了，真的是要烧脑细胞的好不好？再说了，止溪这名，太过冲动，止而聚之，财色双收，别人家能甘心吗？

说归说，还是要想的。要么三楼东西两个套间和一个中间套，自东而西分别叫作闻钟、远山、望湖。

乐大姐直说不好，一是太硬，二是太大气，每个名字都像一幢独立的别墅，不太像一个房间。

可我觉得还好啊。东边闻钟，是因为那个方向出去就是千年古刹径山禅寺，中间套望出去便是天目山，西边望出去便是不远处的四岭水库即径山湖。

不是蛮贴切的吗？

"太大了太大了。"乐大姐直摆手。

"能不能不叫我乐大姐？显得我多老。"乐大姐对自己的这个称呼也很不满意。

这可是她的朋友波大姐取的，不是我取的。

波大姐又来说："能不能不叫这个名字？"

我说，那就叫"波小姐"吧。她一听，那更不行了。

好吧，就先这样着。

二楼正西南，名返景，出自"返景入深林"语。返景，实为返影，有落日余辉意；正南则为镇南，为居中虎视；正北为无名，取寂寂意，可能是全屋最安静的一间房；东北榻榻米间为得月，是我最中意的小间；东南270度无敌美景房，为守心。唯目光无极，反要守心，是为中正平和。

一楼欲多以自然之物为名，西边套为如杏，距老屋移来的银杏最近，又兼了我北边的大杏，算是弥作补偿；北边为雪庐，可能冬天得拥炉而卧了，要是落雪，必是雪景无边；南边为可见，因是院中一切均一目了然。若问东边，则为公共空间。

地下室，定是会议室兼书吧啦。若您有闲书相赠，我必是欢喜不尽。

你若有美名相赠，岂不更好？

此文先在"止溪"微信公共平台上发出，朋友们多是不满。一位师姐说，应该仿兰大一部分当年旧事，叫作芙蓉苑、迎春苑之类，复活兰大文科区。我说，这个不敢，造次母校是不行的。

又有挖掘机师傅周建林说："一哥，你的别墅很现代化！取名字太古太雅，虽然好听，但是有点不搭！除非以后房间里的布置风格是复古的！"

高中同学果果也持此议："朱员外，你这是民宿，不宜太雅，否则曲高和寡，有冷清之意！"

"冷清"二字，如果改为"清冷"，倒也是合了我的心意。有些人，生性喜欢热闹，骨子里却孤独得要命。我有时候就会是这种人，偏在热闹场合冷眼看人狂欢，却怎么也融不进去。

我看儿子在幼儿园也是这德行。别人在唱《国旗国旗红红的哩》，他斜个眼看，大不了解或者不屑的样子，反正不参与。

又有朋友说，莫若学习大观园。想起宝玉被他父亲贾政逼着取名，直觉有趣又紧张。

便问乐大姐："这名取得可好？"她只回一句："能说不好吗？"

我又不知道该怎么办了。

后来，小楼命名又修改较多：

三楼三间房：东至、迎波、候月。

东至：春风自东激荡，候友人至，故曰东至。

迎波：远观天目如波，近闻溪声，故曰迎波。

候月：集山湖寺落日，月上梢头，故曰候月。

二楼五间房：返景、晴典、青苔、春秋、可见。

正西南名返景，出自"返景入深林"语。返景，实为返影，有落日余晖意，但在树影中，有斑驳。

正南为晴典，为居中虎视，最为中庸。

正北为青苔，取寂寂意，可能是全屋最安静的一间房。

东北为春秋，自成一体，无论春秋。

东南为可见，目光所及，均见人生。

一楼三间房：杏芳、拥庐、草色。

西边为杏芳，距老屋移来的银杏最近。

北边为拥庐，可能冬天得拥炉而卧了，要是落雪，必是雪景无边。

南中为草色，草色遥看近却无，有无边草，有有边草，远近皆如是。

复照青苔上

　　我母亲那个家族，出过秦安北门唯一一位进士李蓉镜，时在清道光年间。在我小的时候，田间尚有他的墓碑。

　　不像南人，逝后大大小小总有块石碑。可能是缺乏石料的缘故，或者根本也就没有留名的必要，北山一带故人，只是一堆黄土隆起，并无半个字的记载，那座带碑的墓，自是大异其趣。小孩子一问，便知死者原来是一位见过皇上的进士。

　　但这墓并未得安宁，据说在"文革"期间被掘坟抛尸，其族人分到随葬器物若干。朋友李小泉，也是其族人，说是其先人曾分到过一副石头眼镜。

　　李蓉镜老先生也未能尽享天年，以其"李青天"的美名，族人竟未得其便，并无"三年清知府，十万雪花银"之实。贫瘠渭北，千年等得一星，不及发光便如流星逝去。

李氏宗祠位于郭嘉镇朱湾村，那里偏偏又是我们朱氏曾经废弃的老庄。冥冥中自有安排，竟有这般渊源。

后来再读族谱，竟有惊人的发现。李老先生任职湖南湘阴知县期间，"超拔左文襄"。左文襄即后来出任陕甘总督，入陕甘、新疆平叛的左宗棠。"于童子试，最负盛名。后文襄督陕甘，居安定，得府君桑梓，函咨谒墓。孙瀛闻命诣馆。"亦即发现左宗棠的第一人乃是当年主持湘阴童试的李老先生。以此渊源，后来陕甘和新疆一带叛乱，左宗棠奉旨平叛，在安定（今甘肃定西）军营中，获知老先生故里便在200公里处秦安县，托人谒墓，并请老先生孙辈李瀛相见。

左宗棠与我渊源又深。在兰州，左宗棠鉴于西北学生参加西安考试太过遥远，遂于1875年建立甘肃贡院至公堂（现位于兰大二院内），方便甘肃（包括后来分省出去的宁夏）青海士子参加科举考试。

1909年成立甘肃法政学堂时，至公堂便是这所学校的图书馆、阅览室，而甘肃法政学堂便是我的母校兰州大学的前身。至公堂实际上是兰州大学最早的校区，只不过，它算不上是现代教育，所以无法作为源流意义上的前身罢了。

苍茫黄土大山，怕是一般人对渭北的印象。偏偏我母亲回娘家要跨过一条叫庞家河的深沟，两侧不是土山，而是石崖。这一带应该是很早的河滩，因为崖上并无巨石，而是堆积起来的砾石。

几米一层，层层堆积，直愣愣的断层，明显是不同年代的冲积结果。如果鉴定一下，应该是地球寒冷年代留下的冰川遗迹。

这里的石头也是风化严重，用来刻个碾麦子的碌碡可能还差不多，但要细雕，怕是没可能了。有一次我大舅想刻一盘磨来，请了一位石雕师傅，师傅戴着眼镜，明显有一只眼是瞎的。我想，肯定是被飞石伤的。

老家的日子，就像这松散的记忆，有一搭没一搭，有时几年时间也找不出一件可谈的事来。唯有每年生长在泉边的青苔时时提醒这里曾经水草丰美。

我曾经感到很奇怪，那些生长在泉边大树上的青苔究竟是何生命意义的存在，甚至连蚂蚁都不如，至少蚂蚁会跑，还会觅食，还会咬死一只大青虫，还会被小孩踩死。可青苔几乎不言不语，只要地势卑湿，它们总会在大树上潜滋暗长。如果是在夏日，青苔令人心静。哪怕树上小虫聒噪，世间也存在一种声音、一种意象。

直到小学课本里出现一篇《鹿柴》的古诗，它是诗人王维的作品，诗中"返景入深林，复照青苔上"句，便有细致入微处令人怦然心动的魔力。哪怕刚刚识字，也能体味到树影中微小生命力的蓬勃之气。

在中国文学史上，自魏、晋、唐、宋以来，青苔便是诗人最喜欢的意象之一。它有两个特点：一是幽微，二是禅意。若无光影斑驳，便无青苔活力；若无澄明心境，便无寂寥无声；若无俯身低眉，便无菩萨心肠。

前段时间，我在杭州种了几株沙棘，又种了几株刺五加，梦想着生长出渭北高原上曾经的一片勃勃生机，就像这个秋日的季节里漫山遍野的沙棘果，红通通的一片；又如夏日泉边的青苔，在不经意间，告诉你这里如何滋润心灵，给人平安、幸福。

可是他们告诉我，渭北的老树，怕是长不出青苔了。连给我爷爷备下做棺材的老榆树，有一年空了心，有一年干脆枯了，死了没死，也看不清。明明我们小的时候，这树上长满了青苔，每到这个季节，还要吃榆钱。

不得已，我将在止溪创立一个"青苔文艺"的文创品牌，因为止溪的"小"正好在精神层面上符合青苔意象。

青苔文艺平台，由两个部分组成：一是往里走，二是向外走。

往里走，是指挖掘、提炼，结合本地的旅游、文化资源，形成具有地方特色的史志成果。如果有可能的话，与镇、村合作，推出类似的文化考察项目。

向外走，是指开展各类文艺沙龙活动。比如邀请书画家现场创作、作家文艺活动交流等。在前期止溪书屋接受推荐读物的基础上，以书屋为主要活动场所，举办经常性的文艺沙龙，并接受本地文艺爱好者的参与，要求很快做出品牌。

有可能的话，为住客中的文艺分子，如音乐、绘画方面有一定基础的，举办书画、音乐鉴赏会，形成周末文艺品牌。

在非节假日，与百乐萌合作，推出老年人文艺活动项目，争取一定的品牌曝光。

综上，止溪一方面要满足人们对于自然采摘等现有农家乐模式的需求，但要体现出这个阶层所关注的价值理念，形成既能对接现有农家旅游又能体现特定阶层价值追求的品牌。

在另一方面，以自有的文艺活动资源，对接城乡文化资源，形成城市文化与农村文明的互动传播格局，为当地的文化繁荣出点力气。

"江南牛王"陈李新画家听了我这打算，有点小开心，当场答应创作一套作品放在止溪展览。

对于他的这个好意，我可保有疑虑。想当日与家长一起去拜访他，那日他可能正好在兴头上，只是一番技法示范，却将一头牛画得虎虎生威。待到收笔，看着眼前这幅画，他左看看右看看，开始抽烟。我终于搞明白了，他是舍不得这幅画了。哈哈，哪有从我面前溜走的好处呢？便对娃他娘说："这画就写你名字，好不好？"表面上在问家长，其实这话是说给李新听的。他自然也听得懂，可这厮竟然装不懂，接着又抽一根烟。

眼看如此，我也不得不下痛手了："陈老，那就写我老婆名字吧，写这里。"

陈大师看实在驳不开面子，尤其是第一次见朋友的媳妇，狠狠地掐灭了手上的烟头，写下了娃他娘的名字。

　　不待我回过神来，他已铺开宣纸，想趁着灵感，赶紧再来一幅。可是，灵光真的就只有那么一闪，闪过了，就没了。他丧气地扔下画笔，话也不多，只顾着叹气。

　　有人叹气，自然有人在心里唱歌，哈哈。

一间古厝，两岸花开

> 拥抱一束月光
>
> 153 平方公里的岛
>
> 只为寻找一则爱情
>
> 以及失落的　吻
>
> 透过光年及红砖隙缝
>
> 凝视　躺在天井月光下的故事

　　这是台湾女作家张欣宜的朋友牧姐为她名为"天井的月光"古厝民宿特别写的诗，张说，这诗"触动我心"。

　　这事，之前一点都没有声张，等我知道的时候，那里已经迎客了。有人在那里摄影，有人在那里做文艺沙龙。据说，当时要写的那本书，她还没写完。而这间民宿，本来从未有人听说，却一夜之间就开张了，还赶在止溪前面。那天在脸书上看到这个消息，第一反应就是，应该两岸民宿相见欢、结亲缘啊。再一想，也许是我的一个询问，让她也有此心呢。那天我问张老师："上回到台湾游历，我们住了一路的民宿，你还有没有相关的可以介绍呢？"她道："可以打听下。"没想到，一年时间没回复，却自己开了家出来。

当然，她这个举动与我无关，在她的描述中是"在好友美月的激励下"，而我明显不是美月。

说来有点意思，金门县古时属泉州府，在现在大陆行政区划中，也属泉州市管辖，却并不归台湾省。这也算是两岸同属一国的证据吧。

古厝的中心为一片宽敞的天井（闽南语称"深井"），让人足不出户便可享有日月星光、蓝天白云，与自然共处一方天地。

欣宜的脸书说："我们几近完全保留且十分珍视原始空间的一切，不做过多的装饰，仅以舒适简单的陈设，及再生家具（部分）对应这两栋朴实无华的建筑。"

去金门旅行，入住天井的月光，品味老建筑的美。一轮明月高挂，轻风迎面吹来，沏壶茶、泡杯咖啡或倒杯酒，与旅伴坐在天井啜饮畅聊，感受时间缓缓流动，光影悄然变化，今昔相映，别有一番滋味上心头。

　　这番滋味，同样在我心中翻滚。欣宜的祖上与我的祖上，同处甘肃南部，住着同样的房子，走着同样泥泞的村道。六十年前她父亲离乡赴台，一生未能回归。而我于十几年前在闽南工作了三年时间，深深地爱上了这里的建筑。

　　在中国大陆，土木或砖木结构是营造房屋的基本要素，与欧洲石头筑城堡形成鲜明的对比。也因此有建筑学者认为，中国之所以留下很少的古建筑，盖因建材容易腐烂，又不防火，冷不丁就毁于自然。如果再加上项羽这样的政客，楚人一炬，可怜焦土，斯土斯民，哪有什么遗迹可寻。却偏偏这方面也有南北差异。相比留在本土的北方人，南迁的汉人似乎更容易在建筑上花更多的工夫。无论是迥异于内陆其他地区的石头、一砖到底的大厝还是客家人的土楼，闽南人一个个从历史深处走来，走出了欧洲城堡的风韵。

可能，中国人盖房，不是给自己盖的，而是给先人盖的。北方面对胡人侵扰，连祠堂也没几间，加上房屋本是祖上所盖，一代人便要翻修，也用不上花太多心思。而南人恰相反，对于家族和高屋大厦的兴致，完全高于北人。盖北人南来，有家园流失之痛，又要以宗祠凝聚人心、民力，便有对建筑形式格外关注。也的确如此，一个家族，在这里生根，出走，又自海外归来祭祖，多半也因了这一间间老屋。

我在泉州的涂门街、打锡街、东街、西街，以及那里的清净寺、圣墓流连，发现原来当年波斯人来中土并非全自陆路，也有自海路来的。

一位当地的姑娘曾带我吃过开元寺旁的蟹糊，可我完全吃不出它应有的感觉。后来吃了一间叫古厝茶坊的茶，才品出了闽南的味道。

现在一上网，无论加微信还是 QQ，美女头像的多半是泉州府下面的安溪县卖铁观音的。而那些电信骗人的"你蛾子在我手上"的，也不少出自这个地方。

十几年前，泉州新添了一座闽南古建筑博物馆，收集各种屋料，我专程去看过几次。至于那些流落乡间的大片的闽南古建筑群，只要顺路就去看看。

建造止溪的时候，我说，应该学学闽南人，搭个石头建筑，免得儿子长大了，又要拆掉重修。看遍了浙江的石料，硬是贵得要死，加之施工队伍可能都找不到，只好作罢。最后只是鹅卵石多用了些，就地取材，算是了却了一点心愿。

有人就评价说，一个甘肃乡下来的农民，并无一文身家，却妄想盖一间欧洲中世纪的石头城堡，做的不是中国梦，而是童话梦。

没错，止溪就是个童话。虽然乐大姐一再说，草坪与院子最好不要分割，以免活动受限。但我还是坚持，院子里必须有条小溪，沿溪几盏灯笼，就能照亮我回家的路。

但对张欣宜来说，这回家的路，未免过于坎坷。虽她一直认为在助她归乡一事上我厥功至伟，但于我而言，不过是循着花儿的声音，帮她辨了下乡音。

徽县高丽沟？高梨沟！这是欣宜父亲留给她仅有的线索。遍查甘肃陇南地区地名，没有高丽沟，只有徽县高梨沟。

于我，是纠正了一个别字，于欣宜则是了却一段心事。

我们都在表达，但表达的内容和情感并非全然是文字或者话语。

　　就像 2011 年 8 月份，我在台北与欣宜相识。几天后，她突然对我说："你是不是甘肃人啊？乡音好亲切啊。"

　　我吃了一惊。要知道，我在中国南方城市工作十三年，就连甘肃同乡也未必听得出乡音来，但生在台湾的欣宜能。只能说，她对父亲的口音太过熟悉，太过敏感。所以，我理解她对寻找父亲出生地的急切——一个爱父亲的女儿。

　　华人寻根之执着，浸透于血液之中。一个人，无论如何，都要找到自己的出处。这是我们作为人子、作为人而存在的"合法来源"，寻不到出处，我们无异于孤儿。

　　虽然我在台北拍着胸脯保证回来后一定帮她寻找父亲的出生地，但她似乎并不是很热心。我向她索要线索，她一直没有给我。我理解，毕竟素昧平生，她不好意思向一个陌生人求助，抑或，以前寻找过多次，失败已让她无法再有行动的动力。但她应该知道，她父亲的同乡是讲义气的，有些微的古道热肠。我虽不是喜欢来事的人，但碰到这种让人心里发热的事，总会努力去做。

　　回到杭州再与欣宜联系，她才提供了一些，但线索之间又互相矛盾，不但不能互相印证，反而互相否定。直到有一天再回到当初的乡音，欣宜又提供了一首《花儿》，其词曰："那边的牧童哥哟，你在做什么哟。这里的花儿红又多，帮我来采一朵，帮我来采一朵……"说到花儿，这是大陆西部回民地区传唱的民间音乐，曲令非常繁复，甘肃省与青海省又大不同，甘肃省所辖陇南市与临夏市又不同。除了传唱的经典作品，花儿很少有固定的歌词，都是歌手随手编来对唱，是故只有固定调的曲令。陇南属于回汉两族杂居区域，因此汉人也会唱花儿。上面这首花儿，就是男女对唱的情歌。如此，我问欣宜有无老人唱这首花儿时的音像资料，回答是冇。于是我只能去问陇南的朋友这段歌词是否有明显的传唱地域，回答是很多县都有。于是，这首花儿提供的线索就此中断。

但当年花儿能飘到台湾，想必也能飘到故土。

回到大陆后，我通过官方途径联系到陇南市台湾事务办公室主任马玉民先生。他是个热心的官员，很快安排人手去查找，且向甘肃省台办做了汇报，大家都对欣宜的寻亲事大为重视，且又找了徽县的朋友查找。两路线索最后都汇集到银杏乡高梨沟村。

且说，大陆地方政府实行的是省、市、县三级行政体制，徽县与甘肃省政府中间尚有一级陇南市政府。在法律意义上，陇南市相当于甘肃省政府的派出机构，监督所辖县级政务。但实际上，市已成为一级拥有完全司法和行政功能的完整机构，对下辖县的司法和行政拥有完全支配权。

台办主任马玉民还在高梨沟拍了视频，嘱我转给欣宜一看，以解她心头之谜。结果，视频文件太大，一直没有传递成功。

时在春天，台湾已是草长莺飞，但在徽县，却是泥泞一片。徽县位于中国两大水系长江和黄河的分水岭，雨量丰沛，加上地质原因，修一条路，很快会塌方，春天的徽县几乎无路可走，这里也就成了大陆交通最不方便的地区之一。视频里，因为车辆无法行走，摩托或自行车更不能骑，当地的官员便穿着长筒泥靴，步行几十里山路进村走访乡间老人，辛苦非常。

马玉民主任真是一个少见的古道热肠的官员，他们接到我一个电话就愿意这么辛苦地去找，且一再反复确认线索。欣宜和我，都有点过意不去。我想，情同此理，欣宜这番寻根的情意，大家都能理解，于是发自内心地感动，继而竭尽所能提供帮助。

2012年10月份，欣宜的行程终于确定，她决定到徽县一看。但这个时候，我正好有事无法陪她前往，而马玉民主任正好出国考察，于是只好安排他人陪同。其实，10月份，在台北，人们还着短袖，而徽县已经入深秋了，晚上会非常冷。记得有一次我穿着短袖从杭州出发路过甘肃时，本来想下火车回老家一趟，结果一下车才发现甘肃夜里的气温只有五六摄氏度，于是只好逃回车上。

所以，我一直建议，夏天才是到徽县的最好季节，兼之可以避暑，但欣宜的行程无法安排，竟然一变二变到了秋季。

话说，我很抱歉，真的不能确定这里就是欣宜真正要找的地方，虽我一直存疑，但欣宜似乎很确定就是这里。

当然，疑问难解，但似乎也有确定的笃定理由。比如，遍查徽县的行政区域，1949年前后没有做过变动，这意味着"高梨沟"仍在徽县境内，不可能划到他县。再兼陇南市范围内，也只有徽县有个高梨沟村，如果循此线索，则无论其他线索如何矛盾，仍应确定，因这是最不易混淆的概念。

从台北初回杭州后，我也曾上网搜索相关地名，用的是欣宜提供的"高丽沟"这个地名，结果发现，也有网友在大陆人气最旺的"天涯社区"网络论坛上发了一条帖子，找一名国军老兵在高丽沟的家乡，从情节前后分析，应该是欣宜托人寻找的无疑。但我通过官方管道求证后，因陇南市范围内只有"高梨沟"而无"高丽沟"村，遂将地名从"高丽沟"修正为"高梨沟"。

欣宜应该是徽县深山里的那首名叫"尕妹妹"的花儿，从此飘落在海边的台岛，就像徽县的山丹丹花开红艳艳，时不时在梦里回到徽县，再唱一首花儿，其词曰：

（男）尕妹妹的个大门上浪呀三浪啊，

（女）心儿里跳得慌呀，

（男）想看我的个尕妹妹的好模样呀，

（合）妹妹山丹红花开呀。

心忧鸟食怨大雪

　　大雪封路，还至止溪。道旁田间白茫茫一片，全然没了边界。

　　沿道小溪流并未冰封，还是流得温柔无声。平日里见水只怕觉得冷，这会儿却只觉得满心温暖。好歹，一切都冰冻了，只有这水还能流，说明还是暖的。

　　小道的雪，自然无人清铲，车行小心翼翼。却见道旁群雀扑棱棱惊起，从左侧起，落于右侧田地。

　　两旁都是田地，但此刻均被大雪覆盖，地里遗落的稻粒或小虫，再也刨不出来。麻雀再能干，此刻也只能干瞪眼。

　　再说，江南的麻雀虽然也是麻雀，但哪里见过这种阵仗，只怕要挨饿了。

　　想到这里，不禁为它们的生计担心。

　　午时就餐，一只美丽的彩色小鸟在厨房门口"啾啾啾"叫个不停。岳父说，吃的都被大雪埋了，它找不到吃的，来求助了。于是顺手往门口丢了一团米饭。

可小鸟并不去吃，反而往里走。

难道小鸟得了雪盲症，根本看不见吃的了？

看小鸟走到哪儿，我们递饭到哪儿，但它就是看不见。儿子也急了，钻到桌子下面去看。那鸟距潜在的"凶手"只有半尺之遥，还是悠然自得，并不急着吃食，而是跳来蹦去。也许它根本就不饿，只是来看看热闹？

总之，直到我们吃完饭，还不见它离去，也拒不就餐。

在地下室看书，才发现它也跟进来了，钻来钻去不着地。可这里根本没有吃的，它也来看书作画？

楼层较高，抓它吧又抓不住，赶又赶不走，我得进城去工作，独留它在这里，倒是比外面温暖，但万一饿了怎么办呢？

出得门来，雪还在下，一直不化，完全不像江南，而像幼时的西北老家。那时冬日一早，得到老师办公室背课文。有段时间，是一位堂姑当语文老师。她到得早，我背完课文时，她的炉火已然红火，小屋里暖烘烘的。一出门，便是冰碴儿冷风窜来窜去。每遇此景，那首与雪有关的诗就会涌上心头：

"窗含西岭千秋雪，门泊东吴万里船。"

那时就好奇，有船的地方该有怎样的雪。后来到了江南生活，见到了船，却一直不见得有窗外千秋雪。2018 年初的大雪，全然北方化，几日不化不说，后面的气温可能还要低于零下十摄氏度。前些日子，一直在室内拍些茶园竹林，此刻却拍得远山积雪、竹梢冰凌。

既然雪不化，那么化下诗可好：

"窗含四岭半日雪，门泊止溪十里筏。"

盖因此地为径山镇四岭村，四周环山，有千年古寺三两座，门前苕溪虽不行船，却也是二十几年的漂流景区。此刻冬日，漂流不成，正好停筏。

只是那小鸟，怕是没这觉悟，待春暖花开，也没法顺流而下了。

水 下 有 石 ， 再 下 有 宫

　　大年初一，有些积雪还躲在堤下，向女儿解释了北半球山南水北为阳的道理，寻思着种菜拔草都不是季节，唯有溪中可放肆，便引他们去。

　　其实在腊月三十，儿子带着姐姐已经长时间待在溪滩上，湿掉了两双鞋子，捉来了两缸螺蛳，放在院中清池中，准备长大了好吃喝。

　　可家长一听就觉得不对劲：螺蛳甚少，很多本地老人都未必一下能捉这么多，怎么两个三五岁的小儿就能捉将来许多。

　　到池边一看，果然是鬼螺蛳！据说这种螺蛳繁殖能力超强，且能在平直的激流中趴在石上不失足流落，但于人类而言，却无食用价值。

两个孩子一听，委顿成一团，立誓正月初一定来捉能吃的螺蛳不可。

回娘家省亲的姑姑带着她未嫁的女儿也在，于是一众人马，浩浩荡荡，越堤而下，冲上滩头，准备活捉虾兵蟹将。

俗谚"养女跟姑姑"，孩子大姨跟姑姑果然是一对姑侄好搭档，不消一刻时间，便捉来虾蟹小鱼各一只，自然还有螺蛳，引来众人高呼。

看着她们的手段，我终于知道为什么自己从不得手了。首先，直流不滞，一般的鱼虾自是不会在激流中勇闯天涯，而我总在门前直流中寻觅，却从未想过去下游河湾处找找机会；其次，这毕竟是条水库溪，水温常年偏低，要在这样的环境中生活，一般的鱼虾怕是吃不消的。

果不其然，姑侄俩连望都不望一眼大溪，而是在另一条因枯水几近干涸的浅滩上搬开石块，几无失手。无论是虾、蟹还是土婆鱼，均不在话下。甚至三岁小儿搬开一块石头，都能找到一条小鱼。

土婆鱼，学名塘鳢鱼，应该也属于石斑鱼吧，据说对水质要求很高，个头儿又不大，售价很高。既然如此，本来是想大餐一顿的，这下真的要把它放放生池中，待它来日有了子孙再说。

忽然，一众人等不顾乱石崴脚，纷纷攘攘朝下游狂奔而去。我在后面看得目瞪口呆，问大姐何事。说是发现了一条大鱼往下游游去，一众人等追赶去了。

这也可以？一条鱼在溪里顺流而下，一众人等居然踩着鹅卵石去追了？

别说，毕竟都是一干老手，竟然把鱼给拦在一个弯道里，真活捉了！

那明明是一条大鲫鱼，绝无可能是苕溪自产的，唯一的可能是水库里曾经有过这么一条鱼，不小心离了大湖，私奔去远方；或者是谁家的一条鱼，趁乱逃脱，飞越堤坝，到了溪中。

姐夫说："这鱼可能趁着春节出来谈场恋爱，却被你们现场活捉。"

我说："它主要是耍流氓，调戏了螃蟹。"

附小女一文：

去乡下捉鱼

朱一舟

我看到了一切。

冬天的乡下，美丽的情景，尤其是去捉鱼。

第一次，我和弟弟来到清水边，下去有一条小溪。第一次到清水边，我不敢踩石子过去。

但我看见从小长在乡下的弟弟很勇敢地踩过去，自己"浑身是胆"，也还是不敢踩过去。

爸爸说，这水特别浅，不用怕它。

于是，我踩了过去，果然水浅。

到了河对岸，我看到弟弟"更上一层楼了"，跑得更远，脚都踩到水里的石头上了。

怎么办？

弟弟又踩过了一些大石头。

我很害怕绊倒，更怕掉进水里。这时爸爸对我说，这水也不深，也一样浅。

于是我勇敢地踩了过去，果然没事。到了清水边，弟弟马上大叫："我找到螺蛳，我找到螺蛳了。"

我跑过去一看，就把螺蛳放进了小水壶里。

可他只找到了这一只，再也找不到了，我有一点儿懊丧。

我没想到的是，爸爸说："你们看，这里有很多螺蛳。"

于是捉了十几只，拿回自己家的院子，放进池里，开开心心地回家了。

冬天去乡下捉鱼这件事，令我念念不忘，想起来还有第二件事情。

学校里老师教我们，"有山皆图画，无水不文章"，教完问我们："知道了吗？"他们都说知道了。

但是，我认为他们并没有知道。为什么呢？因为每当我问同学，你喜不喜欢乡下，他们的回答都是"不喜欢"。这事令我有点奇怪。

但是，我认为，对于一个爱写文章的人来说，乡下是一个写文章的好地方，因为我去了乡下，看见清水一条一条地在我眼前流过，城市就不同了，清水并没有一条一条地在我眼前。

所以我认为，他们并没有知道"有山皆图画，无水不文章"的道理。反正我觉得，没有一条一条的清水在我眼前淌过，就不会有好文章。

我的这篇文章体现我非常喜欢乡下，现在我已经有个关于乡下的愿望了，就是，我希望看了这篇文章的人们，发现大自然的美好，从不喜欢乡下，变成喜欢乡下。

后记：
同 一 块 西 瓜 皮

　　在文化和地理的双重意义上，江南即杭州，杭州即江南。
1992年初中毕业，买了不少明信片写了几句话赠给老师，全是西
湖水墨照。无论是长裙飘飘的古典美女还是烟雨迷蒙的西湖烟云，
均是云深知处的美好所在。二十几年后，我在西湖边的雨中，看
着姑娘们漫步，才真切地体验到，一个粗砺的北方男人心思如何
细腻，都配不得这样的景致和人品。哪怕是姑娘掉了鞋跟，也无
妨这一切的美丽和温柔。

　　在兰州的风沙里，江苏来的男生在北方同学面前讲述家门口如
何小溪流淌，如何抓鱼捞虾，我就不自觉地想起小时候守在黄土
坑前等着黄土层里渗出一汪清水的情景。

　　在渭北高原，要找到山头上那棵树，那就是回家的记号；在江
南，要找到村头那棵树，那是回家的记号。

有些地方，你要早点去；有些地方，你要想好了再去。江南，于我而言，就是一个想好了才去的地方。因为这一去，你无法离开；一旦离开，就没了回头的路。

于母亲而言，则是秦腔《白蛇传》里的那句台词——"西湖山水还依旧，灵隐钟磬仍长鸣"；于姑娘们而言，则是桃红柳绿、断桥残雪。

做人要慎重，不要轻易表态。

这是我人活到一半，开悟的时候想到的。当年高考，别人都说是跳农门，我却只是随大流，并没有改变境遇的强烈意愿。于今，从城里去乡下，也不过是随大流，也并没有特别要强调的意味。

只是，人总是要有个交代的，有些是可以言说的，有些是要隐瞒的。我要向各位坦白的是这样一个并不文艺的过程。当然，也许并不文艺的过程，本身就是文艺的一部分，谁也说不好。

我对所有的潮流都保持怀疑，包括现在的归田。古有隐士，那是士的一种生活方式；今有归田，是对工业文明的反动。但环顾身边，我们已经走到这一步了吗？是不是"文艺犯"的无病呻吟？

对，就是"犯"病的"犯"，而非"范"式的"范"，我没有写错别字。

既然没有答案，我就要拒绝这个标签，免得自己被错划派别。这就好像：在一个热闹的场合，我一个人待在角落，看着一切欢笑却无法参与。标签是多么重要的认识工具，哪能随便就贴上？

　　杭州是个旅游城市，尤其是前些年，全国性的会议非常多。有段时间，我要陪来杭州开会的同学、朋友逛西湖，有时还要陪他们在西湖边看月亮。有些朋友说，你现在连口音都杭州化了，说话轻声细语。

　　每听到这些，我就在心里窃笑："你们不知道，我的人生就是一碗浆水面。"

　　是的，家长也总是这么说，所以她对儿子的照看特别上心，要让儿子对生活品质有些要求，不要一碗浆水面就能打发一顿正餐。

　　可是，这有错吗？院子里一定要有老家来的花果，才是与我有关的居所。

　　再说一遍，我是个俗人，我不讨厌城市，热爱城市的方便，享受城市的美好，只是在需要安静下来的时候更爱乡村一些。母亲刚进城的时候说，她一想到脚底下还住着一户人家，就觉得脚底下是虚的，飘在空中。我在安静下来的时候，灵魂总会飘到某个水草丰美的地方，那里山高云淡，阔天长生。

　　"走了这么久，你变了没有"，这是一句歌词。我造了一栋叫"止溪"的房子，就是行至溪上、止于足下。城里迅疾的脚步，且在这里停下，便是行止。至于止下来想什么，那再想想。

　　还是我经常对人说的那样，我这一生，就没什么规划，都是脚踩西瓜皮，溜到哪里算哪里。

附录：
朱子一开店记

朱子一，原号缁衣。初识时，他还处于缁衣时代。

"缁衣"一词，从《诗经》到鲁迅诗歌，出处颇多，未曾探究他所取何意。只觉江湖小说中月光如水照缁衣捕快，肆意挥刀除恶安良的场景，像极朱子一"口诛笔伐"的批判类新闻和言语，干净利落，又直指要害，让我这初出茅庐的小跟班钦慕不已，亦师亦友，仰望至今。如今，朱子一落户江南西湖畔，筑屋于止溪竹间，不惑之年，言谈文字中已隐约有夫子之风。然，在我记忆中，他总是剃着板寸头，精短身型，面带朴厚而眼露黠光，不时嘴角卷起的笑意，时感其有戏谑之意。

与人相识，因缘巧合，茫茫人海，原有定数。朱子一自不曾想，他会驻足海南数月，在这天涯海角之地买了个几乎不住的窝，也认识一堆日后难见着的朋友。

2003年大学毕业后，我糊里糊涂进了报社，就跑海口两会。我每抱回一堆枯燥的文件，他总会抽出有意思的新闻点，告知我如何结合读者关注点，结合时事，编写时政类新闻。记者这个行当，是个社会观察者，文字与笔者的洞察力直接相连，才能呈现新闻价值。朱子一的才华、性情似乎都是为新闻这个职业而设，我不时就会被他的视角和想法所吸引，听他侃侃而谈，愤世嫉俗也好，文采飞扬也罢，总像是掀开一个个盖子，让我看到不一样的世界，关乎事关乎人亦关乎我们生存本身。

为感谢他，选了家海南大学附近自己很喜欢的快餐店，还兴致勃勃告知他："这里的鱼煲和红烧茄子很好吃哦。"回想起来也是醉了，哪有这么小气的，请客请到快餐店。当时年少无知不懂礼数，但朱子一不以为然，笑眯眯地跟我在闹哄哄的店里，讲他来海南觉得便宜买了套房子——平生第一套房子，就在附近租了房子，想看着它慢慢盖好。辞职后，他想开家小餐馆，前面营生，后院呼朋唤友，很是惬意的愿景。听闻之下，顿觉有趣，想啥干啥，让我这循规蹈矩成人的乖孩子眼见着畅快。

他买的房子在海大东门对面，店也就近，而当时还是我男朋友的大虫在海大读研，我也住在海大。轻车熟路地，每到下班，就兴冲冲地跑到朱子一的店里，混吃听他侃大山。大虫晚自习后，就骑着破自行车，来店里拎他女友回宿舍。

朱子一是甘肃天水人，西北人的耿直加文人的理想主义，注定他不是个好生意人，他把店名取个"三月小驿"，"阳春三月下扬州"，来你这干吗？看店名就搞不懂到底卖啥风味的小餐馆。朱子一热情地收集好不容易上门的顾客的意见，捯饬出他心心念念的浆水面，在杨利伟上太空时还机智地打出招牌"杨利伟菜单打折"的噱头，非逼着我拍照片给他上新闻打广告，登报了还嫌照片小。机关算尽但门可罗雀的现实，朱子一倒也处之泰然。

生意有一搭没一搭地做着，亲朋倒是被朱子一天南地北地召唤来了，外加他广交天下朋友的做派，在店里跟着认识不少有意思的人。跟朱子一说话口调神似却身形高大的朱小弟、个儿不高的梦庭、有着忧郁眼神总想逃脱部队身份的老邬……在朱子一的激情鼓动之下，老邬缠着领导，真得所愿。只是逃离他所认为的樊笼之后，境遇如何，成了朱子一日后的牵挂。不时就问我可知老邬的现状如何。我嘲弄说："你个大忽悠，把人家忽悠出来，现在部队待遇不错，是不是怕他后悔，怪你，不敢联系？"朱子一嘿嘿自顾自地说："肯定是发财了。"

"三月小驿"，一语成谶，朱子一这小馆子也就只让他待了三月就倒闭了。他买的房子，阳台望去可见海大东坡湖，景色怡人，只是正对着的一块空地让他心塞，总觉不日就会平地起高楼，让他只能楼楼相望。果不其然，一栋三十来层的高档住宅将他的湖光月色挡得一丝念想都不留。在海南的生活，悠然自在，却也单调平凡，馆子、房子如此而已，朱子一待不住了。

　　估计是孤悬海岛一段时日，朱子一想念大陆的大好河山，去了当时天下盛名的南方报业集团。重新回到新闻"江湖"，朱子一仍是宝刀未老。只是海南对朱子一而言，是越来越远。

　　去年，他把自己的第一本书《阳坡泉下》寄来，书中讲述他的村庄和他的家族。看书时，有些文字读来有些恍惚，令人哑然失笑，因太有朱子一说话气质，似是他坐对面絮叨感喟。虽曾四处留驻，那阳坡仍是游子最深层的记忆底色，而"泉下"这个族名也因人事积淀而厚重，回望起来，朱子一不失克制地隐忍着情绪。大漠孤烟、黄沙漫天，曾是我对西北的想象，朱子一那执笔天涯的率性油然而起，不觉奇异。只是西北男儿留恋江南烟雨，倒是颇让我诧异了一阵。想来，西湖歌舞，暖风醉人，朱子一终究是怀有文人情愫，缁衣已渐入夫子之道。

　　工作如此，生活也不停折腾。因着才情，因着得意，因着仗义，作为后辈友人，默然对之，心下只愿有人能伴其安稳。某日，他邀请我们参加婚礼，说那嫂子学美术，泳游得好，爱听久石让，还手巧，开了家艺术手工包店，他自己不时变成店小二帮着张罗。再后来，他有了儿子子西，儿女双全。近来他又忙着在郊区自建房，一派田园居家图的景象。前几日，读了他写的《四十不惑辞》，已是陶陶然乐哉乐哉，物喜温润，真好。

　　这人才四十，离江湖已远，距海南亦远，只是离他想象的人生似又近了一点。用他的话说，人总是要死的，有些事要抓紧做。

现在就归田，也太早了点吧？

徐桃（学者）

明日，太阳照常升起。